本作品系宁波市文联
文艺创作重点项目

小岛
旧时光

虞燕 著

河海大学出版社
HOHAI UNIVERSITY PRESS
·南京·

图书在版编目(CIP)数据

小岛旧时光 / 虞燕著. -- 南京 : 河海大学出版社, 2025.3. -- ISBN 978-7-5630-9437-0

Ⅰ. I267

中国国家版本馆CIP数据核字第20253Y35B6号

书　　名	/	小岛旧时光
		XIAODAO JIU SHIGUANG
书　　号	/	ISBN 978-7-5630-9437-0
责任编辑	/	齐　岩
文字编辑	/	刘福福
特约校对	/	李　萍
装帧设计	/	西穆设计　刘昌凤
出版发行	/	河海大学出版社
地　　址	/	南京市西康路1号（邮编：210098）
电　　话	/	（025）83737852（总编室）
	/	（025）83722833（营销部）
经　　销	/	全国新华书店
印　　刷	/	三河市元兴印务有限公司
开　　本	/	880毫米×1230毫米　1/32
印　　张	/	7.125
字　　数	/	159千字
版　　次	/	2025年3月第1版
印　　次	/	2025年3月第1次印刷
定　　价	/	89.80元

序

近几年,在写作上,我偏向于写散文,关于故乡长涂岛的散文。在小说和散文之间,我并没有做选择,只是遵从内心,有关小岛的一切,我都特别想挖掘和呈现。无疑,散文这种文体更忠实于个人的生命体验和人生感悟,能包容更丰富的生活涵量,也具有更鲜明的精神烙印,它让我在叙事中一直保持真诚,甚至虔诚。

可以说,写小岛系列的每一篇散文我都饱含热情,有的时候,颇有一种写得停不下来的势头。或许,正如铁凝所说,写作者一旦找到了个人生活的敏感区,便会一头扎进去写,且一味地追求下去。这样的写作状态,我自己还挺喜欢的。

这本小书是我小岛系列散文的第二部,跟第一部《小岛如故》相比,此书更私人化一些,"我"的参与度很高——我记忆深处的人间烟火、我怀念的平凡又生动的人们,我的童年经历。有位作家说:"散文写作讲一个真。情真、意真、叙述真。最真的就是你自己。你的身体里首先得有一个真。身体里有了真,视线才可能真,思想才可能真,语言才可能真。"我愿意向此靠拢。

当然，私人化绝不仅仅指个我、小我，没错，它带有浓郁的个人口味，鲜活的个人体验，乃至隐秘的色彩，但私人也必须立足于现实和时代，而不是被隔绝在真空里，所以，它依然在时空和人性上有不可估量的延展。大家读此书，循着我的记忆，若能窥见耕海牧渔的生活在海岛人民血脉里留下的精神轨迹，海边人家的勤劳、坚韧、勇敢得以被发现被记怀，那是这本书的幸运，更是我的幸运。而这些，也正是我写小岛系列散文的动力所在。

　　是为序。

虞燕
2024 年 4 月

目录

第一辑　似水流年

此间岁月长　　003
露天电视　　017
晾霉　　026
谢年　　035
旧年吆喝声　　040
供销社琐忆　　048
夏日河畔　　054
衣袂帖　　059
竹质光阴　　071

第二辑　山河故人

追潮水的人　　079

牵手不及　　088

裁云记　　095

菊婆婆　　103

红　　111

曦光　　120

芙蓉花下的微笑　　128

船上的笛声　　135

第三辑　往事如昨

女儿戏　　　143

收鱼鲞的女人　　　160

药丸　　　167

风从海上来　　　173

江湖艺人　　　181

我家的生意　　　189

酒事　　　201

烧坏虫　　　207

少年与阿黄　　　213

第一辑 似水流年

此间岁月长

春

  石头屋像个敦实的年轻人，规规矩矩倚在院子东南角，崭新的瓦片为其黑发，浓密如云。小屋建成，泥水匠的工作告毕，接下来就该父亲上阵了。斧头、锯子、刨子、凿子、榔头等在父亲手里顺服而卖力，"砰砰啪啪""滴滴笃笃"，声响不绝。两三天后，小屋便有了门和窗，它们稳妥地嵌在石头墙里，正式成为屋子的一部分。

  晚饭后，父亲又一头扎进了石头屋，我和弟弟紧随其后，把脑袋贴在门框往里瞅。这回，父亲没有赶我们，他握着铁锹稍稍压平黄泥，再用厚木板和砖头一点一点夯实，泥土与木头混杂的气味犹如一群顽皮的孩子，在空气里可劲儿撒欢。终于逮着个可以参与的劳动，姐弟俩学着父亲的样儿，蹲下，各拿一块青砖重重地拍，一下，一下，不间断地拍，将脚下的黄泥夯得平整、硬实。不知过了多久，我开始微微出汗，小孩子皮嫩，虎口边还磨出个水泡，然兴奋劲丝毫未减，一想到爷爷奶奶马上要搬过来,且将一直住在这间石头屋里,心里生出无边的期待。

月光也识趣,从门窗大大咧咧探进来,白晃晃地映在我们身上,映在那个早春的夜晚,明亮如昼,却又缥缈似梦。

搬家日由奶奶翻黄历而定。天气遂了人心,蓝天平滑若丝绸帕巾,偶见细碎的云朵,恰似帕上绣了碎花。燕子不时回旋于屋檐下,大概也觉察到那一天的不寻常。箱柜桌凳、羹橱碗筷、坛甏瓮瓿、被褥物什……被分别搬进叔叔家辟出的小间(卧房),和我家院子一角的石头屋(厨房)。叔叔家与我家相邻,爷爷奶奶从厨房离开,走出院门,即达卧房。厨房跟卧房相当于隔了个院子。

此后,院子里,爷爷奶奶的脚步来来回回,循环不息,脚印密密麻麻,<u>重重叠叠</u>,交织成柔软绵长的时光。

清晨,我的身体常常留恋于睡眠,耳朵却机警,轻易就分辨出院子里的脚步声。奶奶没有缠足,身体壮实,走路稳,脚步声钝钝的闷闷的,像包了棉花的重物在捶打地面;爷爷年轻时腿部受过伤,落下了残疾,一脚踮起,一脚拖地,发出微不可闻的"嚓"声,"嚓"和"嚓"相隔时间均匀;母亲落脚干脆,每一下都短促而笃定;父亲则是有节奏的"噔噔噔",仿佛刻意踩着节拍。

几乎每一天,我都是在脚步声中彻底醒转的。

春日的阳光疏薄,像一片浅黄的轻纱笼上了院子。小屋门口,斑驳的红漆方凳上,摆了只豁口的蓝边瓷碗,碗里泡了榆树皮,水黏黏的,是奶奶梳发的法宝,边上紧挨一把带枝叶的玉兰花,鲜灵灵,不断散发着香气。奶奶从屋内搬出小竹椅,一屁股坐下,解开发髻，头发弯弯扭扭地耷于脑后，像条灰色的小蛇，她捏起缺了齿的木梳，沾一下碗里的水，从前额滑向稀薄的发梢，梳子所过之处，碎发服服帖帖。奶奶的两只手绕来绕去，竹椅"吱吱扭扭"，顷刻，一个清爽的发髻又堆在了脑后，接着，她挑了朵个头小的玉兰花，别在发髻旁。灰发，白花，还挺和谐。爷爷在边上窃笑，说奶奶是个偷花贼，一大早就摘了别人家的玉兰花。

"偷花贼"吩咐爷爷，去把羹橱架上装过兰花豆和豆腐乳的瓶子洗了，爷爷灭了烟头，"嚓——嚓"进屋，"嚓——嚓"出屋，猫一般轻捷。院子正东临河，弟弟曾因舀水而落水，父亲砌了矮矮的石头墙，以筑起一道安全屏障。爷爷立于矮墙边，把塑料绳缠在手掌，甩出小木桶，"扑通"，木桶灌饱了水，拎上来，"哗哗哗"，两只广口玻璃瓶被洗濯得透亮。扯去泛黄的叶子，剪去多余的枝杈，玉兰花入驻盛了清水的玻璃瓶，我和奶奶翕动鼻子，直呼"好香好香"。弟弟凑过来瞧了一眼，立马转头，继续在地上挖小洞，打玻璃弹珠的小伙伴已经来了。

午后时光如浓稠的液体凝滞于半空，化不开，落不下，沉闷而漫长。爷爷被人叫去做麻将搭子了，母亲里里外外忙活，弟弟跑得没影儿，奶奶戴上老花镜，手里的锥子狠狠戳进鞋底，又用力扯出线来，父亲呢，这个人平日里可忽略不计，海员是属于大海的，难得在家。我跟院子里的花花草草均打了一遍招呼后，再次回到奶奶身旁。新鞋已经快完成了，灰色鞋面，一字扣儿，看起来结结实实，奶奶说鞋子备着，走远路时穿。奶奶还给爷爷做过不少鞋子，牛筋底，有松紧，爷爷走路时一只脚老蹭地，有点儿费鞋。

不做鞋了，奶奶就绣花。奶奶绣花基本不用花绷子，跟缝衣服那样，一手随意捏布，一手牵出各色绣花线。花样为蓝色复写纸所印，寡淡拙朴到让人懒得多看一眼，然经奶奶配色、定点、加以多种针法，好似把黑白电视换成了彩色电视，花是花，叶是叶，茎蔓缠绕，姹紫嫣红，那么生动逼真。奶奶给自己做了一片床幔，白色棉布上绣了些小花朵，细细碎碎，素素淡淡，不稠不密，奶奶歪着头笑，说若是年轻那会，就绣上艳丽的牡丹花。

奶奶教我绣花，那就先绣个帕子。我对着院子里的野花，用铅笔画在帕子上，奶奶手把手教，缎纹绣、链式绣……针脚不大齐整，却也有模有样。绣上了花，普通的手绢瞬间珍贵起来，我叠得方方正正藏在衣兜里，可舍不得拿出来擦鼻涕。

奶奶从抽屉里翻出一些白色棉布，长条形，比奶奶的手掌宽一些，是裁下的废料。废物利用，奶奶剪成相同大小的几块，做香袋。香袋里装什么呢？装晒干的玉兰花花瓣。

陆陆续续摘来的玉兰花，奶奶通通晾晒了起来，用洗干净的米筛。起风了，天阴了，飘起雨丝了，奶奶端着米筛进进出出，木门"吱呀吱呀"地响。玉兰花被呵护得周全，便以香味报恩，祖孙俩边赞叹边将其收进饼干箱和小陶罐里。

在裁好的白色棉布上，奶奶绣绿叶粉花、红嘴黄鸭、紫色蝴蝶、大红灯笼……图案简单的，奶奶就让我上手。而后，均缝成长筒状，塞进适量干玉兰，用彩色丝线编成细细的绳子扎口。奶奶说，制成玉兰花香袋，等于把春天留在了袋子里。

我同时拥有好几个这样的香袋，枕头边放两个，脖子上挂一个，书包里还藏一个……我留住了好几个春天。

夏

奶奶一推小石头屋的门，从屋顶垂下的丝瓜被木门弹了一下，直挺挺地晃。奶奶戳了戳瓜，道：坏东西，还学会吓人了。

我和奶奶在屋边撒过黑豆似的丝瓜籽儿，一个不注意，人家就出苗了，然后一路分蘖长叶，伸枝放藤，直到飞檐走壁，如一张绿网撒在瓦上。为对付那些蹿房越脊的丝瓜，大清早的，奶奶就借来了木梯子，爷爷上前拍了拍梯子，觉得不够结实，会被胖墩墩的奶奶踩塌，让他上去比较合适。奶奶迅速飞过去一个白眼，一只脚抢先踏上了横档，爷爷只得紧紧扶住梯子。我呢，抱着竹篮子仰起头，等着丝瓜们乖乖入篮。刚摘下的丝瓜冒着鲜活的生气，仿佛还在呼吸。

奶奶下了梯子，月牙色斜襟衫后背已濡湿一大片，她打了一盆水，进屋，关门，擦个澡。胖人易出汗，天一热，奶奶一天擦好几次。两截式木门闭着，上一截往往虚掩，捣蛋鬼弟弟偷捏一粒小石子儿，弹向上截木门，随着"咚"，上截木门被弹开，出现一条不宽不窄的缝。奶奶唤了一声"雷光"，这是奶奶给弟弟的专属绰号，意为淘气顽劣，人嫌狗不理。正靠边休息的爷爷作势要追打弟弟，弟弟脚底像装了轮子，倏地滚出了院子。

烈日下的院子，安静莫名，了无生气。我家窗下的美人蕉一改清晨时的神采奕奕，花朵耷拉着，蔫缩着，一副立马要一头栽下的样子，周边的杂草叶子卷成了细条，颜色变得灰旧，好似挂了层灰，地面干巴巴，泛着白光，像要冒出烟来，邻家的狗进来一会儿就跑了。爷爷奶奶待在小屋里，两把蒲扇齐齐摇起，快快慢慢，停停顿顿，时间被人造风一点一滴打发了。不远处的树上，几只知了不厌其烦地叫着……

卖冰棍的吆喝声打破了一院子的沉寂，我和弟弟躁动不安，对着院角的石头屋嚷嚷：棒冰来了，来了！爷爷放下蒲扇，披上黑灰色短袖衬衫，头戴蒲凉帽，迈出院门，穿过狭窄的通道，叫住卖冰棍的人。鞋子拖地的"嚓"声远了，又近了，两根棒冰并排躺在爷爷的帽子里，两边帽檐被合上，捏起，活像个手提袋。我贪婪地添一口棒冰，夸张地"啊"了声，爷爷笑得幅度略大，嘴边的皱纹涟漪般荡开去，顺便露出缺了两颗的前牙。他抹了把脸上的汗，又回到了小屋里。

天仍热，眼看苋菜梗长得愈发粗壮，奶奶等不及了，得砍下来腌上。腌苋菜梗，奶奶年年不落，我们叫"苋菜股"。

苋菜梗成熟后，直挺挺硬邦邦，表皮布满沟沟壑壑，像奶奶的手。奶奶穿上围裙，拎着镰刀，一鼓作气砍倒苋菜，稍稍喘口气后，再去除顶端开花结籽的部分，捆起来。奶奶嘴里哼着"嘿哟嘿哟"，一路抱回了家。

一捆苋菜往院子里一躺，奶奶用菜刀削去苋菜叶，地上叶子胡乱堆一起，扫入畚斗。把光溜溜的苋菜梗一根根排好，切成一段一段，洗净后，浸泡于冷水里。数小时后，捞起沥干，最后，当然是要装进瓦鬶腌制密封的。

制苋菜股之前，奶奶就把瓦鬶里外洗得清清爽爽，放在大太阳下暴晒过,以达到消毒的目的。奶奶腌渍时有讲究,放入两三层苋菜梗就薄薄铺层盐,压实,再往上码,撒盐,压实,如此反复。待瓦甏的"大肚子"被苋菜梗填饱后,方盖上荷叶和纱布,用细麻绳狠狠扎紧,置于羹橱下。接下来就不用管了,任其在角落里与各种微生物你侬我侬,进行一系列化学反应。

头几天,我时常转悠到羹橱下,瓦甏捂得严严实实,啥都看不到,让人着急,忍不住用手指弹瓦甏,"咚咚咚",心想:这苋菜股也不知道咋样了?奶奶嗔笑我搞破坏,人家正好好工作呢,受了惊吓,苋菜股就会停止发酵,不好吃了。我信以为真,自此,便不敢再去打搅了,改用眼睛默默地瞄。

天热,过了十天半个月,羹橱下就有不可名状的气味飘出来,但奶奶并不急着开坛,长年下饭呢,慢慢开,慢慢吃,时间越长口感越到位。奶奶的苋菜股色泽金黄,卤汁浓稠,配热汤饭最经典,啜一口,白玉似的肉从硬壳里吸吮而出,就着饭"咕"咽下,第二口连壳带肉一起嚼,直把最后的鲜气压榨干净,才缓缓吐出渣。奶奶在一旁笑眯眯地看着,说我吃苋菜股吃出了丰富的经验,一丁点都没浪费。她轻抚了下我的头,皱纹在眼角攒成了一朵花。偶尔,我和奶奶同时发出"咕"的声响,祖孙俩能乐呵半天。

晚上,院子里乘凉,我抢占了竹躺椅,躺椅是母亲用井水擦拭过的,躺上去甚是清凉。奶奶在旁,念起有关苋菜股的童谣:"苋菜股,烂茄糊,肚皮吃得胀鼓鼓。后门头去跐一跐,叽哩咕,噗落生出一个小尼姑,小尼姑穿红裤……"蒲扇随之有节奏地摇动,我们几个小孩跟着念。末了,又央奶奶讲故事。讲着,讲着,奶奶会突然把扇子拍在我腿上、手臂上,一只只蚊子倒下了,在扇面上留下它们灰色的印记。

母亲收拾停当后,搬了网出来,在月光下织起了网,尺板与梭子的碰撞声"笃笃笃""笃笃笃"。爷爷坐在小机子上缠梭子,爷爷缠的梭子硬而滑,穿网眼顺顺当当,这时母亲说我跟弟弟缠的梭子,软塌塌,大肚皮孕妇一样。惹大家一通笑。

奶奶的肚子里装满了故事,她讲了一个又一个,星星似乎也在偷听,闪得特别起劲。有时,我听着听着,就在躺椅里睡着了。

秋

院子西南角的葡萄树"脱发"了,手掌形的葡萄叶子泛黄,掉落,在秋风里瑟瑟发抖。奶奶时不时去巡逻,用火钳子夹起落叶,装进编织袋里。她正弓下腰,一片半青半黄的叶子悠然飘落,像一只蝴蝶停在了奶奶的黑色毛线坎肩上。

奶奶收集了几袋子落叶和刨花,搬进搬出,在晴好无风的日子里晒了又晒。爷爷说,已经干得一点就着了,奶奶这才扎紧袋口,堆在小屋的墙角。生炉子可得靠它们了。

暮色四合,奶奶拎泥炉子出门口,随后,"嗤"地划亮一根火柴,用微曲的手掌挡风,凑近干树叶和刨花,小火苗一下子蹿了过去,并顺势蔓延。奶奶持根火棍子,在炉内扒来拨去,青色的烟袅袅上升,最后,跟灰蒙蒙的天混为一体。等明火逐渐减小或消失,木块上出现白色灰状物,奶奶拎炉子进屋,她右肩略往下倾斜，迈过门槛，步履有点摇晃，脑后的发髻一颤一颤，我真担心它会突然松散。

爷爷奶奶的小屋里，充盈着多种食物的气味，咸鱼、臭冬瓜、酒酿、芦稷饼、苋菜股……炉子上煮了红薯饭，"咕嘟咕嘟"响，爷爷霸着灶台，把兰花豆炸得喷喷香，灶膛里的"噼啪"声像柴枝在唱歌，热气和油烟放肆地氤氲开来，将我们团团围住。晕乎乎的我蓦然滋生出了一种幸福感。

若父亲回来，总会捎些鱼鲞，海上的风与日头最适合制鲞。那么，爷爷就会在炉子上架起金属网子，烤海鲜。鲜鱼切段，在酱油里泡一下，稍大的鱼鲞斩成几份，清洗干净。海鲜们在网子上"嗞嗞"冒烟，海味特有的鲜香裹挟着烟熏火燎的气息，连边上捎带的土豆片都那么诱人，我、弟弟和堂弟便不再出小屋的门了，忠诚地守候着炉子。

父亲亦坐于炉子旁，用筷子翻动网子上的食物，爷爷把小桌子挪向炉子，奶奶在桌上摆了几样小菜，三个小孩的眼睛围着父亲的筷子转。父亲给奶奶和自己各倒上黄酒，喝着，烤着，聊着。不沾酒的爷爷从父亲手里接过了筷子，翻几块，瞅瞅我们，呵呵地笑。我的注意力转向了爷爷的皱纹，托着腮数他额头上小溪似的皱纹，一条，两条，三条……

我们仨的碗里，食物越堆越多，个个吃得咂嘴舔唇。热腾腾的烟火气里，父亲和爷爷奶奶的脸庞一会儿朦胧一会儿清晰，他们的对话犹如从山那边飘过来，忽远忽近，时断时续。

父亲同奶奶说好的，带回一箬篮新鲜又便宜的鱼，供奶奶做糟鱼。

院子边上的小河常年清凌凌的，奶奶剖鱼洗鱼多么便利。爷爷搬出一摞圆筛子，刷洗后，切好的鱼块晾上去，一筛子，又一筛子，铺满鱼块的筛子在太阳下闪着银色的光。部分筛子置于院子中央那排冬青树上，另一部分摆在河边的石板上，这两地儿离奶奶的屋子近，方便她看管，附近的猫狗可都虎视眈眈的。

秋天的风干燥又利落，吹过来一阵是一阵，不拖沓，阳光过滤掉了夏天时的炽灼，温度适宜。两者合力，把鱼晒得不干不湿，刚刚好，且不会发油发臭。

收鱼时，奶奶壮实的身子变得轻盈起来，脚底板仿佛装了弹簧，一字扣布鞋一沾到地面便迅速弹起，生怕被院子的泥黏住似的。跳跃的步子并不影响她抱稳筛子，她伸出两条手臂紧紧圈住，筛子圆弧的一段抵于胸前。筛子里的鱼倒挺配合她的步伐，跟着一跳一跳，让人想起它们在大海里游弋的样子。

正式制糟鱼，爷爷和弟弟均被赶出了小屋，独留下我。奶奶嫌爷爷碍手碍脚，弟弟更不用说了，尽搞破坏。分批将鱼块埋进酒酿，这事儿我总抢着干，待充分浸润，沾满酒酿的鱼块像穿上了白色礼服，奶奶一一捞起，装进坛子。坛瓮在左，鱼和酒酿在右，奶奶不甚灵活的身子扭向左，扭向右，扭向左，扭向右，她略鼓的肚子把衣服撑得紧绷绷，椅子"吱扭"声不断。一坛将满，奶奶扳住坛子口，轻晃一圈，而后，舀起一大勺酒酿，倒进坛子，一勺又一勺，直至漫过所有鱼块。

一坛完成，奶奶吸了吸鼻子，哼出了曲儿，咿咿呀呀。奶奶的声音哑哑的闷闷的，却把屋里的空气搅得欢快起来。

天凉，奶奶怕糟鱼发酵得慢，只好依老办法，去寻些稻草来。我家屋后连片的稻田刚收割完，金黄的稻草如厚绒毯铺在大地，有些稻秸已扎成了小垛，像士兵在那里站岗。弟弟他们把原本齐整的稻草掀得乱糟糟，说是抓蚂蚱，奶奶赶走了他们，说：那么冷，蚂蚱早躲起来了。

奶奶和母亲去抱了好几趟稻草，除了给糟鱼坛子裹上"稻草衣"，其余的，用来搓草绳、做草垫。她俩随意抓过几把稻草，分出一束，扎牢最上部，接着，就像编辫子那样往下编，至一定长度时，草辫子紧卷着另一束稻草向前翻滚，穿穿绕绕，一眨眼，扁扁圆圆的坐垫完成。做草垫我可学不会，我只会搓草绳，搓出来的成品往往粗细不匀，毛糙松垮，派不了大用场，只好自产自用，拿来玩。

轻便的草垫子也成了我们的玩具，当飞盘扔。"草飞盘"在院子里"呼呼"来"呼呼"去，打在爷爷身上，爷爷一把抓住，抡着手臂，假装要扔到河里去，我们发出一阵惊呼，所剩不多的葡萄叶又被吓掉了几片。

冬

凑近玻璃窗，对着霜花哈气，窗上起了雾，我伸出手指涂涂抹抹。奶奶拎着热水壶在院子中央站定，说费这劲干吗，太阳一照就没了。她哪知道，我是觉着好玩，巴望着多结点霜花呢。

当然，一旦小河结了冰，霜花便失宠了。河面像铺了层玻璃，光滑、透明，风吹过，纹丝不动。小孩们像受到了谁召唤似的，

"呼啦啦"地全围在了河边。我跟弟弟急了：这河是我家的，河里的冰也是我家的。人家才不搭理我们，一门心思从河里捞冰块，各有各的法子。我俩没辙，只能加紧捞，要捞得比他们多。捞上来了还互相争抢，冰块碎裂了，融化了，个个湿了棉鞋、袖子、前襟，小脸红扑扑，分不清是冻得，还是兴奋得。

奶奶一拍大腿，说：这还了得，非感冒不可。硬把我和弟弟拉进了小屋。奶奶往灶膛前一坐，点燃叶片、干草，鼓起腮帮子往里吹气，火苗上蹿下跳，活泼得很，再送木块等"硬柴"进去，猛拉一通风箱。待火势稳定，便轮到我俩坐在了那里，两双脚乖乖搁于灶膛沿，慢慢地，脚心像注入了一股暖气，暖气流慷慨地传至全身，心想，等母亲从教导队洗衣服回来，应该烘干得差不多，不会挨骂了。

奶奶添了柴，还埋进去几个小番薯，我和弟弟两眼放光，更舍不得离开灶膛了。等吃的过程是一种煎熬，嫌火小，嫌灰不够厚，弟弟的脖子伸得老长，恨不得钻进灶膛里去盯着，奶奶在旁笑道：可别烧焦了头发。爷爷接上一句：那就免费烫发了。终于，草木灰的气味里混进了一种焦香，且香味渐浓，我学着奶奶的样子，用火棍子压一下红薯，试探是否变软，奶奶说先别扒出来，再捂一捂，我只好松开火棍，猛咽了下口水。

煨熟的番薯外皮焦黑似碳，跟煤球差不多。稍晾凉，爷爷抓起两个，扔沙包一样在两手间来回抛，这等"杂耍"弟弟自然赶着效仿，结果，"啪嗒"掉地上，番薯皮开肉绽，无妨，捡起来吃，皮还更好剥了。煨番薯甜香绵软，一个落肚，胃里热乎乎，全身暖融融，让人好想在灶膛边睡上一觉。

下雨天最无趣。雨水发了狠，从屋檐不断流下，风也不甘示弱，横着刮过，雨帘斜着飞，溅落脸上，阴冷丝丝入骨。整个院子被洇湿，颜色变深了，从家门口看去，湿漉漉的石头屋好似矮小了些许。爷爷奶奶裹紧厚棉袄，打着伞走过院子，走路尽量踮起脚尖，轻而慢，生怕弄湿了灯芯绒棉鞋。他们一进屋，就不再轻易出门，还把门关得死死的，以防冷风入侵。隔壁的小孩都不出来玩了，甚至连麻雀也没影了，寂寥得令人心慌。

　　幸好，挨过几天，太阳总是会出来的。金灿灿的阳光铺洒在院子里，整个世界都变得明亮和充满暖意。周遭，各类声音此起彼落，多样气味在空气里交汇，小孩们蹦来蹿去，活络得过分，被大人追着骂"小猢狲"。

　　趁天气大好，母亲剖了过年的鳗鱼鲞，一条条挂在晾衣绳上，奶奶切马鲛鱼成片，用小圆筛晒起，待半干后制熏鱼，那是她最爱的下酒菜。鱼腥味强势，生生挤走了其他气味，连河对岸的人都闻到了。四邻八舍来串门，站在院子里闲聊，话题离不开鱼鲞，离不开年货，各自操着心，语调却轻松，一串串句子弹弹跳跳，在阳光下撒欢儿。

　　院子大，且四处通风，日头聚起来的热气容易发散，算不得晒太阳的好场所。爷爷戴了顶翻毛帽，两只手交叉插进袖口，还是受不住冷不丁袭来的寒风，紧缩着脖子。母亲想到了法子，爷爷奶奶和她一起行动，把院子里的木柴搬上我家的台阶，整整齐齐码在西面的水泥柱旁，相当于堆了一堵木头墙，再关上对面的屋门，便形成个半包围的空间，挡住了大多数的风。爷爷说，这下成风水宝地了。

"风水宝地"像个热情的主人，总能把大家召集在一块儿，太阳往外移，人也跟着动，从墙边一点一点挪至屋檐底下。奶奶跟邻人有一搭没一搭地聊，抱着火熜扯着嗓子，爷爷听了会儿便打起了盹儿，母亲搬出了竹床，晒被子晒枕头晒厚衣裤，姊姊哼着歌打毛衣，若不是有母亲炒的瓜子和奶奶煎的番薯片，我们小孩才不会老老实实待着。

安分只是暂时的。弟弟跟狗子玩闹一通，转眼从厨房拿了年糕，揭开火熜盖，扔了进去，又怂恿堂弟一起打陀螺。我把自己丢进母亲晒的被子里，又软又暖，赖在那儿不想动，母亲心疼新被子，把我拎回了椅子里。爷爷完全不受周围影响，靠着椅背，头微微垂着，甚至发出了鼾声，我拔下一根头发，在他脸上爬呀爬，爬过脸颊，爬过鼻子，爬过眼皮，爷爷的皱纹快速抖动了下，半睁着眼，样子有些无辜。边上大人小人都笑了，笑得那么恣肆。

这时，煨年糕的香味飘了出来，我眯起眼深吸了一口。小小的我理所当然地以为，这样的日子，长长远远着呢。

露天电视

20世纪80年代初期,岛上还未通电,一到夜晚,美孚灯成了主角,每家窗户都像被厚云层堵住了,竭力透出的昏黄微光,显得那么虚弱和单薄。当然,亦有灯火通明的地方,部队和水产公司等用上了自己的发电机,那里的灯仿佛把天上的星星集合到了一块,亮得灼人眼睛。我也终于知道,路旁那些直立的杆子,叫电线杆,它们架起电线,电流便能传导过去。那会儿想:电这东西真是神秘又神奇,看不见长什么样儿,却如此神通广大。

我家屋后,水稻田连绵,靠近田边的小路上立有电线杆。那日,天空刚刚被喷上淡墨色,父亲和叔叔便拎起缠成多圈的电线出发了。电线杆上凿有一个个小坑,像个梯子,父亲爬梯子那样上去,搭好线,下来后,把插座放在电线杆的其中一个坑里,每回想用电时,插头往插座一插,后面的电线穿过稻田,从后门拉入我家屋里。父亲嘱咐我们,这其实是蹭电,不好乱张扬。

蹭电专为看电视。那台9寸的黑白电视机正儿八经进驻我家,灰不溜秋的匣子成了贵客,被恭恭敬敬地摆放起来,大伙转着圈瞧，还不敢让小孩凑太近，当然更不能摸，就怕摸坏了。电视机是叔叔大舅子的，他家住教导队旁。早前，周边居民可以用教导队的电，他咬咬牙赶个大时髦，买了电视，当时，整个岛上拥有电视机的家庭凤毛麟角，像父亲所在的海运公司，偌大一个公司，总共也就两台电视。不知何故，教导队不让蹭电了，电视机暂时闲置，叔叔便将它搬至我家，因为他观察过地形，我家搞电方便。

晚饭后，夜幕一寸一寸拉上来，院子里，冬青树和葡萄架慢慢变暗变糊，即将被暮色吞并。父亲搬出结实的大方桌，9寸电视机摆于其上，看上去简直如玩具。四邻八舍的眼睛像长在了我家院子上空，一个个利索地拐进院门，还不忘从家里拎上杌子抓把瓜子。电视打开，黑白画面一闪一闪，人物与声音攫住了大家的心神，手里攥了瓜子的甚至忘了嗑，只顾脖子前倾双眼牢牢盯住前方的9寸匣子。快到了春天的尾巴，但穿过院子的夜风还是带有逼人的凉意，人们缩缩脖子紧紧衣服，谁也没有吱声，更没人起身，个个铁墩子一般，把自个儿稳稳地安顿于原地。

来看电视的人一晚比一晚多，没凳子的干脆站着或坐在院子的台阶上，人们聚成半弧形，里三层外三层。叔叔笑道：看电视搞出了看露天电影的气势。父亲说：这有啥，76年时，海运公司全体人员观看毛主席追悼会，黑压压一大片围着个9寸电视，好多人根本看不清，只能听声音，那真是前所未有。

蹭电毕竟不是个光彩的事儿，父亲担心，太多人知晓了会引来麻烦，遂决定，不在院子看电视了，搬回自家屋里悄悄看。

平日里走得较近的邻人来敲门，父亲问：怎么知道我们在看电视的？答：窗户透出的光不一样，发白，银白色，美孚灯和蜡烛的光是黄色的。

终究还是被部队的人发现了，他们撤掉了父亲安在电线杆的插座，收走了电线，9寸电视机再次闲置，满屋子满院子的热闹也一下子消散了。那时我正看《霍元甲》上瘾，每晚早早蹲守，突然被迫中断，且很有可能以后再也看不着了，心里头倏地空了，而后又如气球般狠狠瘪下去，只剩薄薄一层皮。到了看电视时间，我开始绝望地大哭，同样都是能发光的东西，为什么只有电才可以看电视，美孚灯和蜡烛就不行？美孚灯旁，电视屏幕泛起灰绿色的光，我恨不能一把揭去那层灰绿，让动人心魄的黑白动感世界显现。

叔叔忍着笑，按照我的要求，先把美孚灯置于屏幕前，再点着蜡烛，也放到屏幕前。屏幕除了映出跳动的火苗，依然坚固如万年的冰层，不见一丝"融化"迹象，更没有画面冲破禁锢的奇迹出现。电视机就这么冷冷冰硬邦邦地静待在那，完全不理睬我们。叔叔说，这叫电视机，不是灯视机蜡烛视机，不通电真的没办法用啊。我的哭声再次响起，母亲叹道：早知道这样，还不如从没见过这台电视呢。

我一天天地念叨，对于电视的执念并未随着时间流逝变淡，一听到关乎此类的风声，就像被按到了身上哪个开关，瘪塌的心瞬间鼓胀起来，觉得连吹过的风都带有兴奋的尾音，一次次呼啸而去。我在母亲面前多次央求，甚至撒泼，最好是哪里有电视可看，便往哪里去。母亲被缠得没法子，当知晓罗西姐姐家不光买了电视，还配有电瓶后，便如泅渡很久的人终于望见了码头一样，果断靠了过去。

罗西的父母淳朴热情，两家一直有来往，母亲跟罗西的母亲沾了点亲，每次，两个女人见面都会亲热地聊上半天。在这样的前提之下，到她家看电视，比去其他人家自在多了。好多回，晚饭后，母亲带着我和弟弟进入教导队那条路，再拐进一条小路，七扭八弯地，看着略复杂，其实很快就到了。一路上，途经的不是别人家的院门就是后门，鸡呀鸭呀狗呀大模大样地遛着弯，扛锄头的拎水桶的挑篾篮的一个个跟母亲打着招呼，空气被搅得热烘烘的，头顶的星星倒忸怩起来，东一颗西一颗，零零散散，忽隐忽现。

罗西姐姐家的院子跟我家的有些不同，没有一个台阶，平整、宽阔，看电视的场地显得更大。罗西的母亲特意把小竹椅留给我，我每每坐第一排的中间，跟电视机保持直线距离最短状态。原来，电瓶根本不是瓶子的形状，而是个黑乎乎四四方方的东西，不过，我瞄了几眼就顾不上它了，因为电视已经开了。罗西家的电视机看起来大了不少，应该是12寸，那会儿，每晚播《郑和下西洋》，一群穿古装的男人总是在船上，在海上。剧情看不大懂，说话也听不大懂，但就是爱看，我把身体粘在竹椅上，眼睛粘在电视上，自动与四周隔绝。母亲说，电视收走了我的魂魄。

我极少注意其他观众，只知道我后边都是人，就算坐我左右两旁的，他们若不主动搭理，我的视线便始终向前，专心连在电视上。直到有一天，来了个小女孩，搬着小马扎紧挨我坐下，轻手轻脚，落落大方，我们同时发现，两人穿了一模一样的花裤子，红白相间小碎花的确良长裤，惊讶过后，相视一笑，两个小女孩就此相识，东一句西一句聊开了。她住附近，跟我同姓同龄，过完夏天，我们都要上小学了。谁能想到呢？这个看露天电视偶遇的小女孩，之后成了我的同学，两人的友情维系了多年。初中毕业后，她出岛求学，我们频繁通信，夹在信笺间的香山红叶恰似她火一般的热情，放了假她便来看我，有一回，两个少女窝在小床上聊得天昏地暗，并吃完了整整两袋阿咪奶糖，看着满地的糖纸，一起嚷嚷要减肥。后来的后来，我们天各一方，在各自的生活轨道上奋力前行，但彼此间的惦念从未中止。

而那一年的夏天，每晚分别前，两个小女孩都会问对方：你明晚还来看电视吗？

去罗西姐姐家看电视已然成了习惯，每天巴巴等着夜晚的到来，而后，一家三口经过熟悉的小道和拐口，遇见熟悉的人，他们通常以一句"去看电视了呀"打招呼，踏入熟悉的院门不久，主人家就搬出了电视，人们约好了似的，一个接一个，慢慢悠悠晃了进来，院子被塞得满满当当。看电视间隙，好客的主人端上他们自家种的西瓜黄金瓜，穿连衣裙的罗西和她的哥哥进进出出，一会喝水，一会拿花露水，有时，会被他们的母亲呵斥，说猴子屁股坐不住，影响大家看电视。散场了，有人嘟囔，电视总是放到要紧关头就没了，另一人接话，就是让你记挂着明晚再看。轻笑声飘出了院门外。母亲身上背着一个，手里牵着一个，闷头往家赶，满天的星光披在我们身上，恍若行进在梦里。

碰到过因下雷雨看不成电视的。早点下倒好，反正出不了门，也就彻底死心了，最要命的是，已经到了罗西家，电视看了没几眼或正看到兴头上，突然天黑如墨，雷声滚滚，大伙仓皇四散,母亲带着我们一路小跑,刚进家门,天终于兜不住了,大雨噼里啪啦倒下。母亲一个劲地庆幸没淋到,我望着狂暴的雨点,越想越不甘心,电视看得好好的,这雨为何来得这么不合时宜,生生毁掉了一个美好的夜晚。想着想着,我的眼睛也兜不住泪了,哭声和雨声打成一片。母亲被我哭得心烦,威吓下次再也不带我们去看电视了,当然,这只是气话,在看电视这件事上,她老是拗不过我和弟弟。

上了小学,母亲以为我对电视的关注度会减少,然而事实是,每天放学后一吃过晚饭,我便念上了。父亲和母亲商量,等通上了电,我们家买电视是逃不过了,母亲叹了口气,连连点头,说不然受折磨的是她。大概第二学年的一个星期天,外头来了些人,闹哄哄的,竟是来装电线的,一户一户挨着来。红色的电线从门框上方牵进来,贴着墙壁款款前行,从这道墙跨到那道墙,从外间拐进里间,隔段距离钉一个白色瓷夹板,远远一看,像在红色电线上打了一个个白色蝴蝶结。

此后的夜晚,美孚灯正式退场,梨子形状的灯泡隆重登场,它们安静地悬在半空,黄色的光均匀地向四周发散,我们再也不用担心烧焦头发,也不必惦记着加煤油了。夜间的小岛亮堂了,活跃了,日子像被清凌凌的溪水洗过,簇簇新。

很多人萌生了买电视的心思,但受经济等原因掣肘,真正付诸行动的只有极少部分,住路边的秃指阿伯家就属于那极少部分。秃指阿伯聪明、和善、勤快,先天性手指脚趾奇短,然不影响他做各种活,且手艺不是一般地好,钱包也就理所当然地鼓起来了,岛上最早盖楼房的那一批里,就有他家两兄弟。

彩霞还在天边流连，阿伯家的电视机已大大方方地出现在院子里，接着，桌椅饭菜搬出，一家人边吃晚饭边看电视，霞光映得他们容光焕发。电视正对院门，院门就在大路边，路过的人禁不住往里瞄，看一会儿，再看一会儿，有的看着看着便进了院子，有的扯开嗓子喊人一起看电视，有的甚至把簸箕钉耙等往地上一放，看得如痴如醉，浑然忘了时间，家人找过来，一通笑骂。

我家跟阿伯家离得近，有段时间，我们姐弟俩每晚蹲守他家，母亲先把我和弟弟送过去，她返回家洗碗，等收拾妥当后再跟我们一起看电视。院子里坐不下了，观众站到了马路上，爬上了围墙，电视里播《再向虎山行》和《射雕英雄传》，打打杀杀，爱恨情仇，电视外的人情绪激昂，惊呼声连连，三两个小伙子兴奋得从墙头跃下，又跳上，仿佛侠者附体。电视看得这般轰轰烈烈，终于引来了卖棒冰的人，人群里一阵骚动，身上有钱的，直接来上一根，没带钱的，向熟人借了钱买。阿伯开玩笑说，以后到我院子里做生意，得收点费用。

弟弟好动，凳子坐不了几分钟，忽而蹲下，忽而站起，一转眼就被挤到了远处，裹进了人群，连电视的光都瞥不见。他又喊又叫，人家把他送至母亲身旁，或者母亲将他拉回，如此一折腾，原先的好位置就被人占了，弟弟矮小，跳起来都看不着电视，免不了哭闹。索性，母亲把他抱至围墙，他不可擅自落地，从高往下，电视还看得明明白白，这下安静不少。但弟弟总能找到理由添乱，隔段时间就嚷尿急，下墙，上墙，下墙，上墙，搞得母亲不得安生。几晚下来，阿伯看不过去了，吓唬他，小孩子尿这么多,恐怕得去医院开刀治疗,大家哄笑。一招见效,从此,在阿伯家看电视时,弟弟尿尿的次数明显少了。

课余,同学之间聊到电视,激情洋溢,一女同学说她叔叔家刚买了电视,邀请我休息天去看,我欣然应允。她家和几个叔叔相邻而居,临街,离我家不远。星期天,我们姐弟俩兴冲冲前往,她们三姐妹及几个堂姐妹、邻居等正围在电视机前,见到我们,她却一副傲慢得意的模样,并出言嘲讽,我诧异于这变脸速度,跟弟弟转身回家。路上,我忿忿地想:以后我家有了电视,一定欢迎任何人来看,绝不成为这么讨厌的人。

二年级的某日,傍晚放学,发现父亲出海归来了,我看向他,总觉得其笑容里带了点神秘,不经意往卧房一瞅,写字台上赫然摆了台电视机,竟有些恍惚。父亲一下子打开了电视,"咔咔咔",频道开关360度旋转,我这才百分百确定,我家真的有电视了!家里算是添置了大物件,西湖牌黑白电视,14寸,买自宁波,花了父亲400多块钱,那时候,他一个月的工资不过100出头。

只要天气不是很冷,电视还是要搬到院子里的,地方大,方便邻居熟人一起观看,当然,也多多少少掺杂了点虚荣心。尤其夏天,因为修船,父亲都在家,吃过晚饭,木桌上一撤去碗筷,电视就摆上了。众人三三两两进来,悠哉悠哉,暮色将至,暑气未消,人们你一句我一句地抱怨天气热,祈盼来点自然风,不过,等14寸荧光屏一亮,那点热好像不算什么了,没人再提及。观众们或站或坐或躺,借着月光和荧光,织网的、缠梭子的、摇蒲扇的、抹花露水的、啃玉米西瓜的、剥豆子的……皆有之,我跟小伙伴还翻了会儿花绳。真是姿态各异。

剧情到了关键处,大伙儿则像被孙悟空施了定身法,所有动作暂停,诸声皆消,唯余电视里发出的声响,在院子上空回荡。最怕看得好好的,画面突然变糊,甚至"滋滋滋"地飘起了"雪花",弟弟箭一般飞出,转动屋旁粗壮的竿子。竿子可是有来头的,曾是外公小舢板上的桅杆,这时再次派上用场,便这样顶上了蜻蜓似的天线,众人着急看电视,齐齐嚷着"好好好""停停停",弟弟方罢手。那会儿,看了好些电视剧,《血疑》《西游记》《阿信》《济公》《星星知我心》……有一年,整个夏天的晚上都在播同一部连续剧——墨西哥的《诽谤》,好像有一百多集,大人们每晚看完还要热烈讨论,迟迟不肯散去。

电视不再稀罕,已在岛上普及,而人们对露天电视的热情并未消减,劳作了一个白日,到了夜晚,趁围在一起看电视,交流、宣泄、放松,这样的一天,似乎才是完整的。

晾霉

∨
∨

一

《五杂俎·天部一》里道:"江南每岁三、四月,苦淫雨不止,百物霉腐,俗谓之梅雨,盖当梅子青黄时也。"岛上进入梅雨季,空气如浸过水的海绵,终日湿答答,霉菌趁机无所顾忌地滋生,洗净存放的衣裳、鞋子、被套床单散发出一股子霉味,晒干的番薯片和鱼鲞长出了霉点,甚至一呼一吸间,都有霉菌孢子的气味强势入侵口腔和鼻腔。主妇们为此头疼不已。

梅雨季难熬,人人盼着出梅,而出梅后的头等大事,便是晾霉。从前,晾霉每年必行,雷打不动。岛上人家晾霉,简直轰轰烈烈,像过盛大节日似的。选日头猛且无风的日子,翻箱倒柜,搬出竹簟、藤椅、大团箕,撑起竹竿,拉起绳子,食物、餐具等晾出来,花花绿绿的衣裳被面晒起来。晾晒的不只是物什,还有人们被梅雨洇湿的心情。主妇们脸上挂着温煦的浅笑,手脚忙着,嘴也没歇着,东一句西一句地闲扯,声音爽亮,说出的每个字似有弹性般在阳光里来来回回跳跃。小孩们犹如逛露天市场，一会儿从这家到那家，一会儿自小道进、于大路出，鱼儿般穿梭不已。

晾霉必在院子里进行，那会儿，谁家没个院子呢？

我家院子大，按母亲的话说，用来晾霉实在称心，再加两户人家都没问题。晾衣绳挂大衣毛毯类，一排冬青树铺晒被子床单，青石板和台阶上摆满锅碗瓢盆，大团箕被海鲜干货占领，若干小人书干脆搁在水泥地上，用几个小石块压着。最后，在院子中央，母亲以两条长凳子架起大竹床，手执抹布细细揩拭两遍，开始更加琐碎的搬运工作。母亲在卧房和院子之间往返，一趟又一趟，她从暗红色的衣橱、衬了淡绿裱糊纸的樟木箱里取出一件件衣物，展开叠得齐整的毛衣、卫生衫、棉袄、裤子，一一摊晒于竹床。有时手心出汗了，得立马用干毛巾擦抹，才好继续干活。空了的樟木箱也要除霉，将其搬至院子，打开箱盖，箱沿则被充分利用起来，搭满围巾、手套、假领头和袜子。

院子里，弥散着樟脑丸的香气。

我常赖在竹床旁翻看衣物，母亲大多时候不赶我，只嘱我洗净双手。每年晾霉，竹床的一个角落必留给一口钟（小披风）、小暖帽、毛线钩织的鞋子等，那是我和弟弟婴儿时的穿戴之物。我好奇地把手指伸进小鞋子晃啊晃，天呐，我们以前的脚才那么点大，真不可思议。这几样东西被年复一年地保存下来，以留作纪念的衷臆，而那件红底碎花棉袄则成了母亲也曾是小女孩的凭证，唯一的衣物凭证。碎花棉袄混在一堆毛衣里，明晃晃的阳光里，它肆意展露着温润旧气，有点儿显眼。棉袄出自裁缝师小姑婆之手，是母亲童年时珍爱的衣裳，晾霉时初见，我对它一见钟情，后来，便穿在了我身上，外婆过来时，盯着我愣了好一会儿，说以为眼花了，又见到了小时候的母亲。

竹床上，两件棉袄罩衫是永远的亮点，簇新簇新，一件为绸缎面料，花色绚丽，手感滑爽，另一件以杏色作底，点缀淡黄小花。两件均为盘扣，蝴蝶扣和花蕾扣，繁复、典雅，我老觉着这样的衣服不真实，精致绮丽到跟这个素朴之家格格不入，像电影里的太太们穿的。那是母亲新婚时定制的，一件从未穿过，另一件只结婚当天上过身，想不明白，那么好看的衣裳母亲为何不穿，她说不实用，穿着碍事。其实，她是舍不得，母亲一生节俭，习惯把好的东西藏起来，藏着藏着便成了旧物。虽年年晾晒，美丽的衣服还是泛黄了，母亲心疼得要命，小心翼翼地掭啊晒啊，却依然不见她穿，有些东西可能仅作为一种念想而存在，而晾霉，成了它们唯一可以露面的机会。

晾霉期间，小孩子东奔西窜多半为赶热闹，我却对各家服饰上了心，隔壁的小芬家和莹莹家是我的重点关注对象。小芬的衣裳相对普通，偶尔还得穿她姐姐的旧衣，莹莹的则令人惊艳，款式和面料无不彰显着一种有别于海岛气质的洋气，她母亲特意将那几件用衣架挂起来晾，我抬起脑袋看过来看过去，衣服竟比阳光还耀眼呢，尤其那件红与黑相拼的皮革马甲，真恨不得把一双眼睛粘上去，欣赏个够。

莹莹告知我，这些时髦服装都是上海亲戚送的。我闻言赶紧回家问母亲：咱家有上海亲戚吗？母亲看穿了我的心思，说我的衣裳独一无二，哪里也买不到，不是她亲手织就的，就是她跟小姑婆亲手缝制的。母亲捧起一件又一件的衣裳，像翻开一页又一页的书，跟我娓娓讲来，这件的面料父亲买自宁波，那件的毛线购于上海，还有衣服制作过程中曾发生过的小波折小插曲，如发现红色毛线不大够，便在领子和袖口用了白色毛线，竟分外好看；衬衫的花边属于废物利用，是从阿姨旧衣上拆来的；小西装的口袋并非原装，为后来所缝，原口袋被老鼠咬破了……说着她特意将金黄色的毛线马甲移到我面前，马甲胸前有个黑色的大蝴蝶，醒目而漂亮，原来，蝴蝶是父亲先画在纸上，母亲再用黑色开司米依样绣上去。

像听故事，我甚是入神，阳光细细密密地抚过，所有的衣裳触感都温温的，暖得让人心安。

二

那些旗袍是莹莹率先发现的。她小跑着进来，神秘兮兮地来通风报信，随即，我和小芬跟着她去了马路斜对面的阿婆家。刚入院门，没发现异样，几条床单和被面霸占了晾衣绳，将院内的风景遮挡了起来，属于寻常的晾霉模式。而当微风穿过金灿灿的阳光，荡起湖蓝色织锦缎被面一角，里面的旖旎风景迅疾闪过，我和小芬同时发出了惊叹，我甚至感觉有股热气直冲头顶，禁不住眩晕了一下。

我们从床单和被面底下钻了过去，视线如长了钩子的渔线，牢牢钩住那几件旗袍，丝绸的棉质的丝绒的，纯色的碎花的，长袖的短袖的，单绲边的双绲边的，那么鲜媚、婉约。其中一件黑色的丝绒旗袍，下摆绣上暗红色的花，花朵里还夹杂了金丝线，阳光一照，亮闪闪的，真是雍容华贵。我们沉醉其间，竟没察觉阿婆就站在门边上，她嘴角上弯，微眯起眼睛，皱纹如绽放的菊花，问我们：好看吗？然后，走至窗下，眼神滑过我们，在旗袍间缓缓移动，一遍又一遍，她似乎比我们还认真、沉迷。

多年后，我想起那个场景，方明白阿婆晾晒的可不只是旗袍，更有一去不返的时光，她看向旗袍，就像走进了时光隧道，她遇见了曾经风姿绰约的自己，还有拥有过的美丽爱情。

听大人们提起过阿婆的旧事，算得上颇具传奇性。她曾是某军官的姨太太，军官随队伍撤走了，她则跟另一男子相爱，坚决留在岛上。后来的岁月里，世事沉浮，风雨相逼，才华过人的男子死于非命，阿婆一个人默默将儿女们拉扯大。我见到的阿婆跟岛上所有老太太一样，盘灰色的发髻于脑后，穿颜色暗旧的斜襟布衣，平日里爱串个门，闲时也打打麻将，谁能想到，一个这么普通的老太太竟藏有如此华美的衣裳，我也难以想象，年轻时的她穿上这些旗袍的模样。

阿婆叮嘱我们，看看没事，不要摸。大概怕我们对她的旗袍不利，阿婆索性搬了把竹椅，坐在了院子里，坐在了旗袍间，她被重重袂影拥围，眼睛里盛满了柔柔的光。

我们看了会，知趣地退了出来，向右一拐，竟误打误撞，进入了另一户人家的院子。这家与阿婆家仅一墙之隔，却差别甚巨，瓦房低矮陈旧，院内是泥地，革命草疯长，东一个破缸，西几片残砖，晾晒的衣物随意堆放于石板上，或弯弯扭扭地挂在绳子和树枝上。而我们刚刚去过的隔壁阿婆家，她的儿子们建了高高的楼房,铁制院门有种莫名的气势,整个院子浇了水泥,宽阔、整洁。我们难免有心理落差。

我们收住脚步东张西望。这家的情况,我大致知晓,男人常年卧床,女人聋且哑,一双儿女均比我们大,平常不大跟人交往。这是我头一次这样子接近他们家,一时之间,有点手足无措,只好待在原地仅动用眼睛——晾晒的棉花胎瘪塌塌的,还发黄,挂起的条纹被单有数个补丁,补得粗糙,针脚疏而松,怕是睡觉时一扯就会扯掉。小芬一向大大咧咧,胡乱走了几步,脱口而出:这么破的衣服怎么还不扔掉?她指磨破了肘部的外套。她的声音尖尖的,在空气中幻化成细针,刺得人耳膜难受。话音刚落,木门"吱呀"响起,一名少女快步走了出来,她微微垂头,绷着脸,嘴巴紧抿,蹲在石板前重重拍了几下衣物,抱起就走,身后烟尘飞扬。经过我们身边后,少女猛然扭过头,用眼角的余光冷冷扫过来,我觉得她在狠狠瞪我们,突然浑身不自在起来。

这家的女儿进了屋,"砰"地关上木门,像一声响亮的逐客令。我们哪好意思再待下去,慌忙出了院子。

那个下午,我们无意间窥探了两种人生。

三

莹莹母亲指了指东边方向,轻声道:又晾出来了,还是那三样。说完,边摇头边叹了口气。我和母亲瞬间领会,她说的是阿虹家。那三样指深灰色中山装、藏青色大衣和一套米黄色海员服，每年晾霉，阿虹母亲都会晾晒丈夫的衣物，就三样，只为留作念想，以慰追思之情。

按岛上的风俗，人死后，其生前穿过的衣物，包括盖过的被子毯子等，不是装进棺木让逝者带走，就是烧掉，留着犯忌讳，偏阿虹母亲不管不顾，丈夫去世后，她坚持要保留几件，且每年晾出来除霉，男人的衣服看起来簇新、挺括，邻人们怀疑事先熨过。

阿虹的母亲有洁癖，平时尚爱洗洗晒晒，晾霉更是搞得声势浩大。别人家一般等上午十点左右，阳光渐趋强烈时晾晒，她家大清早就行动了，"乒乒乓乓""叮叮当当"，大概把能搬动的都搬到院子里了，不知道的还以为要搬家。阿虹自然得打下手，不大可能像其他小孩这般东游西荡，所以，只能我们去找她。

第一次碰见阿虹家晾霉，我被那井然整洁的场面所吸引，物品分门别类，摆放有型，被单毯子基本同色系，搭在绳子上，远看如浅红色的云朵飘于屋前。院子右侧的晾衣绳专门挂厚外套，深灰中山装、藏青大衣和米黄海员服就在其间，它们跟阿虹母亲的滑雪衫棉袄等紧紧挨在一起。我环视了下全场，总觉得那几件男装有些突兀，眼睛便在那多停留了会。阿虹在身旁说：这是我爸的衣服。她语气平静。我不由得往后退了一点，大太阳下，后背仿佛有凉气冒出来，那会儿，阿虹父亲已去世两三年了。我用细如蚊蝇的声音问：你不怕吗？阿虹没看我，直盯着那三样，说：不怕，衣服上有我爸爸的味道。

回家时，我把这个事告诉了母亲，母亲听后愣了一下，而后叮嘱我不要出去乱讲，万一一个不注意，就会惹阿虹伤心。

不过，阿虹家年年晾晒那三样，四邻八舍后来都知道了，也都习惯了。

下午四点左右，阳光开始变薄，意味着一天的晾霉即将结束，主妇们纷纷从自家屋里出来，收拾物品如摊贩收摊。阿虹母亲最先收那三样，将衣服卸下衣架，摊于樟木箱底，蹲下身细细折叠，阿虹恭恭敬敬地站在边上，一言不发。

待第二年晾霉时，那三样总会新崭崭地出现，年复一年，从不失约。

阿虹家晾晒逝去亲人的衣物，是作为纪念，也为表达思念，西屋奶奶倒好，把自己的"过老衣"大大方方铺展于太阳底下，就像将死亡直接呈露在人们面前，这个给童年的我带来的不适感，以做噩梦的形式延续了挺长一段时间。"过老衣"即老人过世时要穿的衣服，一般用本白和黑色布料缝制，颜色单一，款式简洁，其实跟正常衣服也没太大区别，可我总感觉它们"嗖嗖嗖"地散发着阴森之气，连带沾染了周边的空气，让人老远望见就想遁走。

自从西屋奶奶晾晒了"过老衣"，我们便很自觉地绕开她的屋子走，甚至，再见那个经常给我们吃番薯片和爆米花的老人时，她那惯常的笑容都变得诡异而可疑，仿佛她已然不属于这个尘世，她的肉身会随时消失，从而成为令我们恐惧的鬼魂。

果然，没过多久，西屋奶奶便死了，"过老衣"也就再未出现，我松了一口气，却又感觉缺少了什么，有时候，心里头会突然空一下。

几年后的某天，我的奶奶卸下她屋子的上门板，与饭桌相拼，颜色素朴的布料置于其上,郑重地铺开、拉直,然后戴上老花镜,捏起划粉"唰唰唰",剪刀顺着画好的痕迹"咔嚓咔嚓",裁剪完毕,便坐在小机子上从从容容地缝制。一天天过去了,奶奶缝啊缝,直至内衣外套,衬裤长裤,春夏秋冬装,一应俱全,爷爷的为直襟款,奶奶是斜襟的,跟他们平日里穿的一样。

晾霉时,奶奶会把自己做的"过老衣"晾在我家的院子里,本白的,黑色的,藏青的,时不时翻动下,彼时的我已经能坦然面对这种代表着死亡的衣物,我只是暗自祈愿,"过老衣"能一直在晾霉时出现,这样,爷爷奶奶就会活得久一些,再久一些。可是后来,爷爷奶奶还是走了,穿着奶奶亲手裁剪缝制的新衣走了,奶奶说过,去那个世界,是一定要穿一身新的。

此后再晾霉,总觉得院子里空落落的,阳光里恍若包裹了白晃晃的针,横七竖八地扎下来,刺得人想流泪。

谢年

廿三祭灶一过,年味就像好不容易奔出门的孩子,撒丫子乱窜,冬日的空气被搅得欢腾起来。我们几个也到处窜,拎着祭灶果,从这家到那家,自以为得了有价值的消息,便迅速回家告诉母亲:明天下午会涨潮哦,莹莹家要谢年了。

在岛上,凡办喜事,都要选涨潮时进行。在海岛人的心里,涨潮已不只是单纯的自然现象,还成为平安、财富等的征兆了。关于潮水的口诀,父母亲早就背得烂熟,哪用得着我提醒。咱家也明天谢年吗?我巴巴望向母亲。母亲翻开黄历,摇头,继续往后翻,说是跟我的生肖冲了,得另选吉日。

谢年即岁终祀神,是一年中祭神最隆重的一次,我们也叫送年,恭送旧年,更为来年祈福。谢年前一日,屋里屋外拾掇清爽,全家洗头洗澡,内外均换上干净衣裳。母亲告诫:谢年前不许弄脏了,否则会被菩萨嫌弃的。我们姐弟俩严格并欢喜地执行,就连喝水姿势都不那么豪放了,生怕一不小心湿了衣物。

儿时能被肉香叫醒的,也就谢年那日了。浓郁的肉香味更是治愈赖床的良药,我们姐弟俩从梦里被引出来后,猛禽动鼻子数次，利落地穿衣，起床，直奔灶间。灶间塞满了白色雾气，仙境似的，鼓风机与大铁锅倾力合作，把整只公鸡整刀条肉等挨个煮熟，白汽冒得越来越多，挤不下就溜到外间，溜出屋外，鲜香撒着欢儿一路相随，邻家便都知道，这家要谢年了。

大门敞开，供桌摆上，父亲忙不迭从灶间端出供品，母亲将烛台、香炉、红烛等摆于桌子北向，见我倚在门边，一把拉过，说会挡了福神的路。福神受玉皇大帝指派，来人间巡视，看到我们如此勤勉盛情，就会在玉帝面前讲好话，赐予福寿。母亲面色肃穆，我跟弟弟也随之庄重起来，动作幅度减到最小，轻声慢语，连咳嗽都是收着的。

供品摆放完毕，仿佛一场盛宴开启。五排供品，各有寓意。第一排的茶与酒各六杯，寓意六六大顺；二排是糕点，状元糕、长生糕、骰子糕、千层糕等，形形色色，寓意高高（糕糕）兴兴；三排菜品五种，金针菇、油豆腐、香菇、黑木耳……随各家喜欢，可凑一组代表金木水火土的菜蔬，也可强调单品，其他为辅，如冬笋，代表节节高和上下有节，油豆腐色近黄金，自然跟富贵有关；四排为大菜——七牲或五牲，诸如鸡鹅、条肉、带鳞黄鱼，生的鸡蛋鸭蛋之类，红漆托盘各装全鸡全鹅和整刀条肉，插上水果刀，家禽的内脏等须放于其肚中，完整更显敬意，鸡鹅嘴叼葱，头朝外，意为有福和一鸣惊天，鱼头则相反，要朝里，鱼游进来，才年年有余（鱼）；终于轮到水果了，苹果、金橘、甘蔗等凑齐五盆即可，梨除外，寓意圆满甜蜜。有一年，父亲一时不察，把梨摆了上去，母亲脸色骤变，立马撤下，嘴里念念有词，大概是请菩萨勿怪的意思，因为梨似"离"，不吉利。

也不可缺了调料，酱油、盐、糖盛于精美小碟，依偎在大盆大盘边，有如小家碧玉般的和婉。

供品自然不限于此，富有人家还有供猪头的呢，尽管丰富，尽管高档，客气点，总没错。

涨潮时间一到，父亲戴上白色棉纱手套，手持炮仗站到院子里，弟弟捂着耳朵退至窗下，我特胆小，哇啦啦叫着躲进了里间，还不忘关上门，却把小脸贴在玻璃窗上往外瞧。父亲的手轻轻一抬，炮仗如穿火红衣裳的仙女一飞冲天，一眨眼，红色碎屑天女散花般飘落。"嘭——啪"声三下过后，隔壁的小孩们一下子全冒了出来，喊着"谢年喽谢年喽"，来院子里捡炮仗。父亲转过身，满脸笑意，肩膀和手臂上还留有点点碎红。我的脸被窗玻璃沁得凉凉的，而心里跟火烫过似的，一股热气从胸腔升起，冲出喉咙，我问道：我们可以拜一拜了吗？

父亲换掉了原先做厨事的旧衣，笔挺的呢制中山装上身，头发也稍作整理，他点了三支清香，在门口恭敬地三拜，而后进屋，将香插入香炉，点亮锡烛台上的红蜡烛，双手合十，祈愿风调雨顺，出海平安，家人健康。红烛高燃，香烟袅袅，屋子里蓦然有了一种飘忽的神秘的气息，我和弟弟待于一角，屏声静息，仿佛稍微出点动静就会惊扰了仙人，从而埋下对亲人们不利的祸根。母亲解掉围裙，给一对儿女洗了脸梳了头，三人衣冠整洁，一个一个虔诚叩拜，祈愿词都差不多，祈神降福，我和弟弟的还多了学习进步、聪明听话之类，香烛以静默地燃烧作为回应。

谢年过程烦琐、冗长，香头一点一点变成灰白，掉落，时间以肉眼可见的方式消逝。父亲或母亲右手提锡壶,左手按壶盖,一小截"酒柱"轻捷快速地落入酒盅,如此,斟完六个,相隔约莫半个时辰再斟一回,等第三回时才全部倒满。期间,所有的人谨言慎行,有时候甚至只用眼神交流,手脚和喉咙都仿佛被一种莫名的力量束缚住,但我们明明又是欣喜的、充满祈盼的。

　　潮水平了,酒盅满了,意味着谢年仪式接近了尾声,最后的送神可以说是整个仪式的重头戏,不可懈怠。用手掌扇灭蜡烛前(不可用嘴吹),母亲再次郑重祈拜,父亲到院子里又放了三个炮仗,宣示谢年结束。未燃尽的香得引出去,插在屋外,而后,母亲搬出一口旧锅,将供过的经放在里面烧,按规矩,经不能落地,不然仙人就收不到。"太平尊神"四个毛笔字慢慢被火吞噬,最后变成一缕青烟,一点灰烬。以前,念经纸上的"太平尊神"由家族里写字最好的爷爷来写,他端坐于写字台前,手执硬毫笔,庄重、专注,直至写完一小沓念经纸。我学毛笔字后,爷爷便有意让我练这四个字,从此,家里谢年的念经纸就交由我写了。我的视线紧紧追随着那缕青烟,一直到它化为虚无,心想:仙人真的能收到吗?或者,真有仙人吗?当然,这些话不能问出口,母亲说了,谢年和做除夕羹饭时小孩子千万要管牢嘴,不然极有可能"打顿过过年"。

　　终于,母亲拿着一只空酒杯过来了,我和弟弟立马热情地贴上去,与整个谢年仪式的严肃、刻板相比,最后的"散福"环节轻松好玩多了。我们抢着帮母亲的忙,肉类掐皮,鱼撕鱼鳞,水果拧一片,糕点掰一块,菜蔬夹一筷,就算像鸡蛋那样光滑到没处下手的,也要作势刮一刮,总之,得从每样供品上取一丁点儿下来，通通装进酒杯里。我轻轻弹了下酒杯，真是个百宝杯啊。

母亲端着"百宝杯"在院子里站定，数一、二、三后，奋力把杯里的供品代表们抛向屋顶，一旁的弟弟拍着手蹦跶得老高。好热闹的邻人三三两两聚拢过来，说着祝福的话。

空气里，炮仗的硫黄味浓烈得那么有喜气。

旧年吆喝声

∨
∨

清晨,一串清亮的叫卖声如期而至,"打豆腐嘞,打豆腐嘞……",搅散了夜里凝固的静默。吆喝声不紧不慢,携着新一天的勃勃生气,穿透窗玻璃,直扑耳内。人们闻风而动,开门声,脚步声,说话声,金属碰触碗盘声,相继响起,吆喝声暂停了,我残存的睡意消失无踪。

跟打油打酒打酱油一样,我们这边把买卖豆腐叫作打豆腐。豆腐担停于路边,方正的木头匣子装着方正的豆腐,一头嫩豆腐,一头老豆腐,揭开白色棉布,豆腐还冒着热气。一旁的中年男子身披朝霞,头发泛着润莹莹的光泽,像刚被露水打湿过。众人伸过碗或盘:"给我打五角钱!""我打一元钱!"……中年男子收了钱,熟练精准地切下一块,用刀铲起,略倾斜,白玉般的豆腐"吱溜"滑进碗盘里。一有空隙,他就微仰起脸抓紧时间吆喝,吆喝声高低快慢如一,气息平稳,让听的人觉得轻松舒服。

大家端着碗盘往回走,脚步比出去时悠闲多了。突地,从上空传来一声脆脆的"哎,我要打豆腐"——出自二楼的年轻媳妇。那个时候，岛上楼房稀少，盖楼房说明家境好，这家媳妇略疏懒，每回打豆腐基本不下楼，邻人便称她为"大小姐"。"大小姐"穿着棉毛衫、蓬着头，趴于阳台护栏喊了一嗓子，接下来，绿色塑料绳吊着竹篮子缓缓下坠，篮子里盛了一个瓷盘和一元钱，打豆腐的中年男子习以为常，上前拿出盘子和钱，再将装了豆腐的白瓷盘放回篮里。竹篮颤颤悠悠上升，直到二楼的"大小姐"稳稳接到，我才舒口气，真怕中途绳子断了或篮子翻了，那还不得盘碎豆腐撒？唉，谁能想到呢，打个豆腐也要冒风险。

母亲喊我和弟弟吃早饭，灶间小桌摆了热乎乎的汤饭和糟鱼醉鱼，当然还有刚打的嫩豆腐，豆腐上搁少量细盐，倒上酱油，黑白分明。豆腐入口，细腻嫩滑，我心想，这玩意儿不咸不淡，明明没什么味道，怎么经常吃也不会厌呢？

母亲说弟弟嘴巴是漏的，饭粒都喂桌子了，幸亏养了鸡，不然多罪过。这会儿，母亲已将鸡笼里的鸡都放了出去，关了一夜的鸡们得了自由，在院子里使劲撒欢，然而，一串响亮的吆喝声惊扰了它们，几只鸡停下脚步，侧耳倾听——"打豆腐嘞，打豆腐嘞……"，吆喝声却渐小渐远了。

对孩童而言，甜食带来的愉悦非其他任何东西可比，当密集浓稠的甜淌过唇齿，沁入四肢百骸，整个人瞬间变得轻飘飘的，像要飞起来。糕点小贩和换糖人让我们爱恨交加，爱他们筐里的糕和糖，又时常恨只能眼睁睁看其经过，任口水漫延却无法如愿。但即便如此，我们依然执着地伸长脖子，等他们出现、走近、远去，哪怕瞅上几眼也是幸福的。

卖糕点的小贩往往挑着两个筐，一边慢悠悠地晃，一边把筐里的糕点都报上一遍,"卖豆酥糖黑洋酥云片糕骰子糕嘞——"尾音拖得老长,在空气里打了好几个旋儿。如此循环往复地吆喝,小孩儿的魂都被勾走了,齐刷刷出了家门,痴痴地望向那个身影。小贩会特意停下来,扭头看着我们,或者干脆放下担子,等着孩子们围过去。还未靠近,筐里的香甜味便放肆地钻进大家的鼻孔,小孩儿哪经得起这等诱惑,纷纷去自家大人那使出绝招,哭、闹、撒泼、乞求、装乖卖萌……

一般情况下,只要有一两家买,买的人会越来越多,这就是所谓的从众心理吧。有时,母亲会称上半斤骰子糕,我跟弟弟爱吃。骰子糕一颗颗挤在纸袋里,粉嫩润泽,香气淡雅,一口一个慢慢嚼,软绵绵,甜糯糯,还有一丝清凉味。小贩的筐里放了生姜糖,属于附带品,母亲一高兴,顺手买上一毛钱的,一毛钱有十三颗,这真是额外的惊喜。

男孩调皮,买不买是另一回事,爱凑一块起哄,怪腔怪调地跟在小贩屁股后面吆喝,"卖豆酥糖黑洋酥云片糕骰子糕嘞——"音量和风头均盖过了原版,其中就有弟弟和阿云。而一旦小贩停下,箩筐落地,秤盘里放上各款糕点,小孩们的眼睛就被牢牢粘住了,偏阿云是个例外,他会离得远远的。从未见阿云如我们这般软硬兼施,缠着大人买糕点,好似,他真的对糕点缺乏热情。

阿云的父亲从山上挑石头摔成重伤,此后,只能在田里干点轻活,他母亲成了家里的主劳力,阿云小小的身影也时常相随,施肥、授粉、采摘、装筐、售卖……有一回,台风将至,阿云一家心急火燎地抢收西红柿冬瓜茄子等,邻居们见状,纷纷上前帮忙，并购买了部分。邻居说阿云细致，收的钱若比较皱，便用手掌压得略平整后再交到他母亲手里。

相比卖糕点的，阿云对换糖人显得热切多了，即便在午觉时，遥远的"叮当叮当"声也能被他精准捕捉到，随后，一跃而起，拎起屋角的半麻袋"宝贝"冲了出去。"换糖嘞，破铜烂铁鸡毛鸭毛换糖嘞——"换糖人的吆喝声在每次的"叮当"声之后，且喊得不算卖力，甚至有些随意，因为这个吆喝只是辅助和补充，小铁锤敲打铁片的声响才是强力主打，那标志性的敲击声有魔性，足以让附近的小孩们踮起脚仰酸了脖子。

阿云麻袋里的"宝贝"都是他平日攒下的，铁皮、牙膏皮、烂网衣、麻绳头之类，他这人永远眼观六路，即便和我们一起玩耍时，也能猛然发现路边的一个铜螺帽，或者草丛中的一只破拖鞋。为了换糖，我和弟弟则盯上了乌贼骨，除了自己家，还上外婆家阿姨家舅舅家巡视，并再三叮嘱，剖乌贼了记得把乌贼骨给我们留着。乌贼骨在大太阳下晒干，一根根收集于网兜，网兜快装满了，我们的心就不安分了，恨不得守在路口候着换糖人去。

好像每个换糖人都戴褪色的旧帽子，肩挑箩筐担子，前箩筐里有木盒，盒里装了圆形的奶黄色麦芽糖块，上盖白布防尘。我们等不及换糖人靠近便扑了上去，换糖人将铁片插于麦芽糖上，"笃笃笃"，用小铁锤轻敲刀片，凿下一块麦芽糖。阿云活络，嚷嚷着再加点再加点，换糖人会作出心疼状再凿下极薄一条，仿佛这样薄薄一条就让他亏大本了。麦芽糖甜而粘牙，看小孩们吃得香，大人们眨着眼说这个糖可脏了，做糖时为了不让糖料粘手，会吐上一口唾沫再搓，我们听罢，蹙着眉毛皱起鼻子，但转眼就忘，继续勤快地攒各种"破烂"，这样，下回换糖人来了就不至于亏了嘴巴。

铜和铁值钱，换糖人最喜欢。阿云想到了海运公司，运气好的话，那里能捡到不少遗落的废料、零件等，遂拉上弟弟一起去"捡宝"。三天两头地去，二人收获颇丰，其中竟然还有几根短短的截得齐整的钢筋。阿云表现出难得的豪气，换得的一大块麦芽糖让换糖人再敲开，分给小伙伴，走路也轻快了，一弹一弹的，像踩在喧腾腾的棉花堆上。但这样的日子转瞬即逝，得知短钢筋是"偷来"而非"捡来"时，阿云母亲把儿子暴揍了一顿，用稻草编的绳子劈头盖脸地抽。后来阿云说，再听到那"叮当"声和吆喝声，老觉着身上会隐隐发疼。

一个不注意，明晃晃的夏天就如男孩们把玩的球，倏地被踢到了跟前，每一缕阳光都狠狠发力，毒辣辣地射向大地，无风，闷热黏滞；风一吹，热浪滚滚。知了叫得没完没了，像大人们没完没了的唠叨，母亲翻来覆去说了无数遍，夏天正中午不许去河边，不许去玉米地高粱地，因为有脏东西。什么是脏东西？母亲使了使眼色，放低声音郑重下了命令，反正乖乖在家，小孩子不用知道那么多。

小孩子贱，大太阳下玩得满头大汗没感觉有多酷热，在家静待着把蒲扇摇得"哗哗"响却还是烦热。这个时候，轻灵灵的吆喝声翩然而至，"卖棒冰嘞，赤豆绿豆橘子奶油棒冰哟——"棒冰箱冒出的冷气似乎混进了空气里，沿着某条线路找了过来，我的身体和心里同时清凉了一下。从家门口望出去，果然，头戴宽檐帽肩背棒冰箱的女子正缓缓而行，弟弟紧张得语无伦次："快，快，卖冰棍的要走啦！"而后，迅速从母亲手里接过钱，大风一般刮了出去。

棒冰的吆喝声每天会来好几次，有时女声，有时男声，有时悠长，有时短促。大人给零花钱的次数有限，而吆喝声特别不识相，你方唱罢我登场，来来回回，甚而索性在近处停下，可劲地吆喝，惹人心痒。

这样的"折磨"让我下定决心，织网得更加勤快些，那么，母亲就会多分我工钱。岛上的女人闲来在家织网是常事，就为赚点手工费补贴家用，暑假里，小孩们纷纷加入，毕竟，谁也不会嫌零花钱多呀。我家院子大，夏日的夜晚，左邻右舍的婶婶阿姨姐姐们连凳子带网一搬，凑一块儿织网、聊天、看电视，我们小孩子玩了会儿游戏，便跟着自家大人织网或缠梭子。我们活干得不多，一提起工钱倒理直气壮，好似被统一调高了音量，吵成一团，大人们笑道：哎呀，田鸡箩倒翻了。

卖棒冰的吆喝声适时响起，穿过薄薄的夜色，清晰地窜入我们的耳朵。院子里安静了两秒，随后，有零钱的拔腿就往外跑，没零钱的缠住大人预支"工钱"。卖棒冰的人恍若知晓这边动静，吆喝声一遍紧过一遍，如紧促的鼓点，催着人不管不顾地奔他而去。不一会儿，小孩们手举棒冰归来，神气得像举了火炬，继而，嗑棒冰的声音恣肆地响起，夜风拂过，甜润润的气味随之飘远，白天积聚的暑气亦消散得差不多了。

冬季是一年中最为黯淡的时段，不知谁大手一挥，把所有明艳的色彩和虫鸣鸟啼都收走了，树上枯叶寥寥无几，小草蔫蔫耷耷，像要缩进泥土里去，西北风是狂暴的入侵者，"呼呼呼"地蹿腾，震得房屋"剌剌"作响。若是再下雨，生活就如裹上了黑布，裹得严严实实，阴冷、灰败，见不到光亮，生趣无多。

终会盼来晴朗无风的冬日，舒适自不必说，那声久违的"爆米胖嘞"也会应时而来。不知为何，我总能听出这声吆喝里的喜庆之意，吆喝声一响，家家户户骚动起来，各自搜罗出大米、玉米、芦稷、黄豆，用簸箕、洋粉袋或塑料盆装着，欢欢喜喜去排队爆米胖。

某一回，弟弟在路上被自行车撞了，疼得立马蹲地上，嘴里发出"丝丝"声，撞到他的男人停下查看，问是否严重，要不要去附近保健站，正在这时，吆喝声响起，"爆米胖嘞爆米胖嘞——"声音沧桑却有劲儿，弟弟一字不吭，弹簧般弹起，一瘸一拐地奔往家里，让母亲准备好材料，赶紧去爆米胖。母亲之后才发现，弟弟膝盖处肿成了馒头。

爆米胖师傅找了个背风向阳的角落，从木制手推车上卸下爆米胖机、火炉、风箱等，不慌不忙拉动风箱，火苗蹿得欢腾，黑乎乎胖墩墩的机器开始转动，师傅保暖雷锋帽的两边帽耳一翘一翘，有点滑稽。我们想靠过去，又不敢太近，只好紧紧捂住耳朵，生怕米胖提前出炉炸响。

师傅暂停拉风箱，铁炉一头套上了麻袋，人们不由得往后缩，你挨着我，我挤向他，地上的影子调皮地叠在一起。随着一声大喊"放——炮——""嘭——"，巨响震得地面抖了抖，听着却比鞭炮声更让人怡悦，同时，一团白烟升腾而起，麻袋鼓得圆滚滚，香气挟着热气弥散开来。小孩们第一时间飞奔上前，青蛙似的来回蹦跶，哄抢跳到了外面的米胖，白白香香的米胖被一颗颗塞进嘴里，塞进衣兜里。每次"嘭"一声过后，这样的好事儿就能轮到一回，如此几番，即便自家不爆米胖，小孩们也能吃个过瘾。

我家爱用白色洋粉袋装米胖，细麻绳扎紧口子，乐颠颠背回家，米胖香一路萦绕，阳光是温暖的大手，抚得人暖熏熏的。身后不时传来"嘭""嘭"声，夹杂了激昂的欢呼声，在空气里撞击着，回旋着。这样的日子宛若镀上了金，于时光深处闪耀着永恒的光芒。

供销社琐忆

∨∨

供销社里，充盈了酱油、黄酒、煤油、雪花膏、糖果等散发的混合气味，浓酽、热烈，每回一进去，我犹如掉进了棉花堆，软绵绵，轻飘飘，那种轻微的眩晕，像神仙在云朵里飞。对于一个孩童来说，能待在里面就是件无比幸福的事，货品满满当当，花花绿绿，眼睛怎么也看不过来，供销社的售货员一度成为我最羡慕的人。

常去的那家供销社，我们习惯叫"长西分社"。紫红色双开大门把世界一分为二，门内的繁华总让我有置身梦里的恍惚，花色纷繁的布匹，形形色色的糖果、糕点，矮墩墩的水果罐头，胖瘦不一的坛子和铁皮桶，白布袋装的白糖，颜色素朴的汗衫短裤棉毛衫，各样日用品、文具、针头线脑……售货员站在高高的柜台后，清闲时，她们双臂交叠聊着天儿，甚至有人不紧不慢地织起了毛衣，最忙大概是逢年过节了，人们挎着竹篮，手里紧攥糖票、布票、盐票、油票等排起了长队，售货员各司其职，拨算盘、拿尺子、拎油提子酒提子、操作盘子秤与大抬秤、收票收钱，闹闹哄哄中透着红火和喜气。

那时的买与卖颇有仪式感。顾客要买油、酒、酱油、雪花膏之类的东西得带上空瓶空罐，步行一路，进了供销社后，将它们轻轻往柜台上一放，售货员会根据所需货品选择工具，比如酱油的量具是一种圆柱形的不锈钢勺子，分一斤、半斤、二两等，大小互异但模样相同，勺子上均连着一根长长的柄，柄的末端弯成一个勾，不用时可挂起来，这便是酱油提子。大大小小的酱油提子这么齐整整地一挂，像一排古代的乐器，瞧着挺喜庆。售货员拿小漏斗插于瓶口，将相应的提子伸入缸甏，灌满酱油后抽出，紧接着，倒入漏斗，浓郁的酱油香恣肆弥漫。我喜欢看液体在瓶内狂奔，一阵"滴滴哆哆"声过后，瓶子满了，盖上瓶塞，打酱油完毕。雪花膏则用小巧的空罐去装，扁扁矮矮，材质或塑料或陶瓷，售货员从柜台的大玻璃瓶里舀取浅粉色的膏、粉，"搬运"至小空罐里，舀雪花膏的工具为长条形木片或竹片，末了，条片在罐子口熟练一刮，干净利索。

仪式感还体现在买糕点、糖果、干果等的细节上。这些货品置于盘子秤上，售货员的手指来回摆弄一番，超重了去掉若干，不够量再添，称好了，拈起黄色油纸袋装进，开口处折一下再递给顾客。小孩子买"裸身"的粽子状生姜糖，论颗买，售货员亦会用黄色的纸裹起来折成一个小包。跟着大人去供销社，若大人心情好，会得到几颗高粱饴和花生糖，这样的机会并不多，平日里，我和弟弟就买生姜糖，因为便宜，一毛钱可以买十多颗。打开黄色的纸，生姜糖局促地挤在一块，粘于其上的白糖粒掉了些许，在纸上落了一层霜，生姜糖一颗能含好久，甜而微辣。剩下的依着旧折痕包好，得省着点吃。拜年的礼包自然更讲究些，用那种特种的草纸，粗粝却也庄重，礼包里大多为红枣、乌枣、饼干、干荔枝之类，包法略复杂，不是常见的样子，完成后，侧面呈梯形，正上面封有红纸，系上细麻绳，打好结，可拎着走。

自从母亲答应扯一块花布给我做裙子，我便对供销社的布匹上了心，布匹数量多，色彩斑斓，嵌在墙上的木橱里，乍一看，像是一面涂了多种颜料的墙。柜台上，一把长长的木尺子压在布匹上，有顾客扯布，售货员手持尺子与布拉齐，剪刀剪个口子，"嚓"地撕开，叠好了交到顾客手里。其实，我不常到供销社，只是在脑子里把那些布匹反复地拉出来端量，把售货员扯布的动作以慢镜头回放，小小的我对花裙子的渴望几乎达到了顶点，以至于看着天上的彩云都能联想到花布。

到底什么时候才能扯来一块花布呢？我跟母亲催要了多次，终于等到之时竟有点不敢相信，那块的确良布料被径直送到了裁缝师姑婆那儿，做成了连衣裙。我对连衣裙满意极了，浅蓝与浅粉的碎花亲亲热热地挨在一起，宛如蓝天上飘满了胭脂云，从领子到胸口蜿蜒了三层密密实实的同色褶皱花边，可爱的泡泡袖，腰部两侧各一条飘带，可以在腰后打上一个大大的蝴蝶结。我还萌生了个愿望，穿着它去供销社，看看身上的裙子来自哪一匹布。在一个小女孩的心里，当柜台下我的衣裙与高高在上的同款布料近距离相对，那就是个奇妙的事儿。

卖布料的柜台同时摆列了各色系发的绸子、网纱条等，很多女孩子一到那，就把自己粘在了玻璃柜前，拖都拖不走。少时的我难得拥有花裙子，但头花还是能时换时新的。母亲去供销社购买副食品和日用品，会顺便给我扯绸子、轻纱，窄窄一长条，颜色都鲜亮，玫红、嫩黄、葱绿、粉紫，母亲将之对折，剪为等长的两截，系在我的两角辫上。网纱薄如蝉翼，轻盈飘逸，绸子手感柔顺滑凉，阳光下，闪亮亮的。一阵风吹来，小伙伴说我的发上有"蝴蝶"翩飞。

谁家女儿戴了簇新别致的头花，也就无意间向四邻八舍传递了信息——供销社来了新货。有时候，大伙干脆结伴而往，当然并不只为了头花，尽可趁机添些油盐酱醋，探探时兴玩意儿或抢购紧俏货品，毕竟，在那个年代里，老百姓的基本生活所需，供销社都能满足。

"长西分社"的周边算得上那一带最热闹的地段，隔壁是收购站，对面为幼儿园和大饼油条店，大门前，诸如爆米花的、鸡毛换糖的、修鞋修伞的、卖甘蔗橘子的凑成了堆。冬日的晴好天气里，村民们搬了凳子椅子闲坐在那，晒着太阳聊起了天。有人出了供销社的门，顺手买根甘蔗，再跟门口相熟的人东拉西扯一顿，才心满意足地回家；也有人带上一两把坏的伞，放在修伞摊，等她从供销社采购完出来，伞已修好了；还有人特意包上鸡毛牙膏皮来找鸡毛换糖的……每一天，总有许多从供销社进进出出的人，从其大门前来来往往的人，天长日久，竟也自动形成了小商圈和小交际圈。

有一年，父亲由外地低价购入了十余斤金橘，寻思着可以赚点差价。母亲犯了难，不知要怎么去卖掉，大姨立马想到了"长西分社"门口，都在那摆摊，也不多咱们一个。我一听摆摊，那得多好玩啊，非要跟去。第二天，大姨带着我早早地到了目的地，去晚了怕占不到稍好的位置。供销社刚刚开门，已有数根甘蔗抵在了门边，而接下来，往来的人走马灯似地过，一拨又一拨，阳光逐渐强烈，驱散了寒气，还偷留了几分温存抚摸着我们。陆续有人问价，亦有人爽快地买下，大姨秤金橘，我帮忙抓金橘，兴奋得手指发颤。在对面幼儿园的弟弟一下课就直奔我们，拿了几颗金橘，再蹦蹦跳跳地回去上课，生怕卖光了，他便吃不上了。金橘最终有没有剩下，我完全想不起，然难忘那个上午，供销社周围声音嘈杂，空气暖烘烘的，人们脸露喜色，像过年一样。

往后的日子里，我常跟伙伴吹牛，说自己可是在供销社门口摆过摊挣到过钱的。

在当时的我看来，碶门口的那家供销社多少有点神秘，它的出现和消失都毫无征兆，跟童话里被施了魔法的宫殿似的。外婆家离得较远，大路连小路，弯来拐去，碶门口是必经之处。有一回，一家人在外婆那吃了晚饭，回家路上，天已黑了，我把脸埋在母亲背上昏昏欲睡，突然传来异样的人声，闷闷的，杂沓的，在夜风里打着旋，遂微微抬头，眯缝着眼睛向前瞄，不远处，碶门口那居然多了个房子，有黄色的灯光透出来。经过正门时，我死死盯着门窗，里面的物和人影影绰绰，一晃而过。走过一段路了，我还不停转过头，仿佛要证明母亲的话是错的，那座房子只是暂时显现一下，说不定到了某个时辰，碶门口的一切就会变回从前。

母亲说碶门口供销社已存在些时日了，只是我很少去，才未发现，我不信，那白天途经时怎么没看到呢？我白天是坐在母亲挑的箩筐里去外婆家的，母亲笑我把箩筐当成了摇篮，出家门没多会儿就开始睡觉,能看到才叫怪了。后来,我又数次路过碶门口,那是个跟"长西分社"一样的长房子,布局摆设也基本雷同,只是小多了,是一个小供销社。

小姨每次背我去外婆家,必会在碶门口供销社对面的矮墙旁休息,我坐墙上,她靠墙或歇于石块,晚霞映得她的脸更红了,鼻子上细密的汗晶亮晶晶。小姨嘱我坐稳了,小跑着进了供销社,很快,她就出来了,手里多了几颗大大泡泡糖。小姨能吹出好大的泡泡,偶尔,泡泡瘪下去直接贴在了她鼻子上,活像戏文里的七品芝麻官,逗得我咯咯咯笑,而我,却怎么努力都吹不出泡泡来,只好嚼光甜味就吐掉了。

小姨不过大我九岁,那会儿,她也就是个十多岁的小姑娘,母亲说,大概因为我是头一个外甥辈,小姨稀罕得很,老怂恿我回外婆家,而且多为独自行动。小姨背着我要走那么长的路,一路上应该得歇好几次,但我只记住了一个歇脚点——碶门口供销社对面的矮墙,记得小姨从供销社跑进跑出的样子,记得她带出来的泡泡糖和其他小糖,记得霞光里,她和供销社都是金灿灿的。

碶门口供销社究竟是何时不见的,没人说得清,总觉得它犹如我搭积木一样,一下子搭起,又一下子被推倒了,不像"长西分社",让我见证了其荣盛和式微,最后时刻商品骤减,售货员所剩无几,原本气派的双开大门变得暗淡无光,门口的摊位也挪去了别处。

供销社在我的童年还未结束时,决然消逝了。

夏日河畔

∨
∨

河畔是在傍晚时分喧哗起来的。阳光已褪去毒辣，迤迤然走到了河对岸，五分之四的河面阴了下来。河面波纹荡漾，一处又一处，或小心翼翼或大摇大摆，小生物们都出来透气了。阿波妈妈、阿云妈妈、小尼姑妈妈等扛着锄头和舀水瓢，拎着铅桶，都从家里走了出来，她们在田埂相遇，说着"番茄比昨天红了很多"或"长豆不过一天就老了"之类的话，走向各自的几畦菜园，认真侍弄起来。她们的菜长得真好，从我这边望过去，河对岸那一大片的绿，簇簇新，翠色仿佛要流进河里，看得眼睛都清凉了。

我在河边钓鱼，钓了好一会了。知了的叫声将下午拉得特别漫长，小伙伴们都被大人看住，不准出门，弟弟"呼呼呼"抽了会陀螺后，终于偷溜出去摸螺蛳了。我能做什么呀？还是钓鱼吧，谁叫咱家门口就有条河呢。照旧在大石头上坐下，石块被烈日烤得如烙铁，一坐下，屁股热辣辣的，有点心疼我的的确良小花裤，可别烫破了。小铁罐里装了些米饭，午饭时特意留的，将鱼钩从米饭的小"凹槽"处穿进去，让钩尖稍露，而后,鱼竿子被我划个大弧甩了出去,自认为这个动作还是蛮有气势的。有两个别村的大哥哥也经常来钓鱼,其中一个哥哥说:小妹妹钓起鱼来倒有模有样,就是没见鱼上过钩。我心里气恼,嘴上辩道:"那是因为鲫鱼喜欢吃蚯蚓,不喜欢米饭,我钓上过泥鳅哩!"

我怕蚯蚓之类的软体动物,一见着就心里发毛,米饭可爱又可口,为什么就不受鱼的待见?其实,到底是鱼饵问题还是技术问题,谁也不知道,那就暂且怪鱼饵吧。

白色浮子像一串不小心掉入河里的珍珠,静静卧于一株水草旁。浮子是我自己做的,把鸡毛梗剪成一小段一小段,用针穿进鱼线,做成一串。炎阳炙烤下,整条河板滞而委顿,对岸不见一个人影,只有那些茄子、黄瓜、四季豆、黄豆等跟我一样,顶着酷热,野蛮生长。瞥向左边,是我家的瓠瓜棚,爸爸在河里打下两个桩,再借用河边的石头墙,搭建起个纵横交错的四方形棚架,瓜叶瓦片似地盖上去,像个小凉亭,常有泥鳅、黄鳝、蛇、青蛙到下面乘凉。往右边,有一条特意做出来的小径,也就是个能下脚的地儿,那是小河最窄处,对岸的人摇摇晃晃过河,再贴着大伯家的墙根走几步,就能到我家的院子,阿波阿云他们都是这样过来玩的。

盯浮子盯久了,忍不住打起了哈欠。《说钓》里写道:"投食其中,饵钩而下之,蹲而视其浮子,思其动而掣之。"可它一动都不动,我根本没机会掣之,实在无聊。好在,傍晚终于热气腾腾地到来了,小孩们如下雨前需出水换气的鱼儿般纷纷冒了出来……

约定俗成似的，孩子们总是将小河的归属之战作为开场。地理位置决定立场，两岸的小孩分成了两派，我早就将鱼竿收了起来，准备摇旗"作战"。"小河是我们的，是我们的！""你们瞎说，明明是我们的，我们的！"阿波、阿云、小尼姑和她姐姐在河那头叫唤，我跟弟弟、小芬，还有堂弟阿舟在这边回应，音调一个比一个拔得高，做出声势浩大的样子，好像哪边声响大河就归哪边一样。翻来覆去就几句话，吵不出花样来，索性齐齐或蹲或坐于河岸，往对面撩水，我们叫打水仗。刚开始用手推，用脚弹，尽量搅动河水，让水花溅向对面，眼看小胳膊小腿激不起"大浪"，不知谁先想出来用塑料盆泼水，大伙一致效仿，这下好了，你来我往，愈战愈勇，河水在半空中发出"哗啦啦"的声响，水柱水花水珠子以各种姿态发散出去，望向对岸的人，不真实得有点奇幻，像隔着大雨天的玻璃窗，偶有两股水流在空中相撞，发出"嘭噗"声，众小孩笑得东倒西歪，泼得更起劲了。

我家屋后是大片的稻田，还有若干自留地，它们的主人总会路经我家院子，顺便将农具和双脚在河里洗干净，邻村的姑娘小媳妇们趁暑气消散，挎着竹篮子来到河埠头洗衣洗菜，老爷爷老奶奶们摇着蒲扇，在岸边踱来踱去，因为耳背，说话跟对山歌似的，扯着嗓子，还拖长了尾音，他们也闷了一天，想找人说话呢。妈妈贴在石头墙上，将棚下的瓠瓜瞅了又瞅，而后，挥舞着接绑上木棒的加长镰刀，探到瓜架下，在瓜蒂处来回划。原本正临水顾影的瓜儿，"扑通""扑通"落了水，还不甘心地在河面上跳了几下，惊得小蛇青蛙等一哄而散。妈妈用捞网或舀水瓢将瓠瓜捞起，装进铅桶，再把铁皮浇水壶灌满水，水呈放射状从喷头出来，浇在鲜灵灵的植蔬上。菜蔬都是妈妈种的，她在石头墙旁边开出了一块地，挤挤挨挨种了一些，量不多，自家吃足够了。

河两岸的大人，各自忙活着，边做活边拉家常，有一搭没一搭，我们的吵闹声好像完全不影响他们。有时候，他们也会指着我们嗔笑："看看，这条河要被这些皮小人儿搅翻了。"

小孩们浑身湿漉漉，如果水是武器，那么我们不是被敌人打中的，我们是自己走火的，又撩又泼时，没把对方怎么样，却将自个儿浇个里外透。男孩子干脆脱得只剩裤头，妈妈们捡起他们扔下的衣服，笑骂着野猴子，蹲在河埠头便把衣服洗了。很快，阿波小尼姑他们"敌方"就从对岸溜到了"我军"阵营，笑嘻嘻地问："来不来躲猫猫？"我方欣然应允，顷刻便进入黑白配和剪刀手布环节，最终输的那个负责找，其余的都躲起来，仿佛刚刚波澜壮阔的小河归属权之战从未发生。

躲猫猫得圈好游戏范围，限定于我家、院子和河边这一段，不能过河去躲藏，否则算违规。找的人蒙住眼睛大声数数，数到最后几个数字，故意慢而高声，意思是：你们都好好躲着，我要来找喽！藏进空缸，隐于柴垛后，贴在围墙边，躲进床底，堂弟阿舟别出心裁，挂到了瓠瓜架下，结果，却像瓠瓜那样"扑通"掉进了河里，而瓜棚下还有条赤链蛇正在歇息，他怕蛇，吓得大哭，哭声惊恐，顺着河水传了老远。他爸爸，就是我小叔，把他像捞瓠瓜那样从河里捞了起来，湿哒哒地抱回家。奶奶说，一定是魂灵吓出了，得招招魂灵（一种迷信的方式）。但阿舟洗了个澡就兴冲冲跑出来了，要求参加下一轮的躲猫猫。

最不守规则的就是阿波了，找的人把躲藏范围翻了个天，仍不见他人影，河畔的大人们忍不住做了暗示，原来，他熟门熟路跑回河对岸了。对岸的菜园子里，四季豆和长豆均搭起了架子，架子上绿叶葱茏，还真适合藏身。那是阿波妈妈的菜地，小孩们浩浩荡荡地进去，把阿波揪了出来，阿波妈妈心疼菜，作势要追着儿子打："下回再进菜地躲，就打断你的腿！"违规者当然得罚，罚他下一轮找人。

夕阳也玩起了躲猫猫，藏到了山那边，目及之处，遍地清幽，对岸的那一大片蔬菜绿得更深了。大人们收工了，妈妈把两只瓠瓜用捞网一顶，径直到了对岸，而对岸的红色塑料盆也游了过来，盆里豆荚饱满，黄瓜翠嫩，两岸的人常以这种方式分享各自的劳动成果。

我们玩累了，暂时安静下来，弟弟和阿波趴在漂于河面的大泡沫板上，我跟小芬并排坐在岸边，把脚伸进河里，清凉一点一点爬上来，小鱼儿可能对脚丫子好奇，结着队来围观，憨头憨脑的，运气好的话，我掬把水就能掬到一两条，它们并不觉得有危险，在我手心里优哉游哉，我心想：那么乖巧的鱼，为什么要狠心钓它们上来呢，以后还是不钓鱼了吧。

晚风带来了饭菜香，大人们拖长了音调唤自家孩子吃饭，此起彼落。对岸的一切都变得影影绰绰，仿佛有谁在天空到河面之间，装上了灰色的纱布门帘。

衣袂帖

毛衣的温暖与悲伤

右手小拇指随意缠一圈毛线，微翘着，食指轻挑起毛线，忽前忽后地绕于棒针上，轻盈、迅疾，看得人眼花，左手则稳稳捏住另一根棒针，持续将线圈往前推。起针、上针、下针、滑针、锁针……母亲的手指与棒针相辅相成，默契十足，一件件毛衣从她的指间诞生。

儿时，家里生活拮据，少有余钱给我添新衣，但母亲会想法子。

母亲拆了自己那件毛衣，赭红色的。它有点儿神秘，一直叠得整整齐齐，珍藏于衣橱。拆之前，母亲将毛衣摊于膝盖上，轻柔地抚摸了好几遍。拆出来的毛线弯弯扭扭，方便面似的，得用开水泡直，晾干，再编织。后来，我穿上了一套赭红色的毛衣毛裤，小毛衣的领子镶上细细的白色条纹，别致、秀气。有一回，父亲说起，赭红色毛衣母亲只在结婚当日上过身，平日里没舍得穿。

父亲单位发了白色棉纱手套，母亲便动了拆手套的心思。几双手套的棉纱线被一点一点抽出来，断了，便接上，而后，将其放入热水翻滚的铁锅里。那是一锅加了染布粉的水，棉纱线被母亲用筷子拨来搅去，像在煮面条，染料慢慢渗入，洇开，浅黄色的气体氤氲开来。这个过程犹如变魔法，明明放进去的是白色的线，捞出来却是嫩黄色了，实在神奇。母亲借了一本编织书，翻看后选定了花样，白天活多，她只能利用晚上时间争分夺秒地织。有时我一觉醒来，母亲坐于床边，正低头织得认真，美孚灯的昏暗灯光笼着她，墙上的那个影子模糊却笃定。夜里静寂，棒针相碰的细小声音钻进了我的耳朵，听着听着，我又睡着了。

过些天，我便拥有了一件嫩黄色的毛衣，严格地说，是棉纱线织的衣，但毫不妨碍它的美，一丛一丛的太阳花随意撒落，那么清新淡雅。父亲也要凑热闹，接过毛衣，亲手绣上"丽苹"两字，那是他当初给我取的名，只是母亲和几个阿姨更中意"燕"字，还说那会流行单名，父亲只能作罢，少数服从多数嘛。终究不甚甘心，他大概想以这样的方式表示抗议，或给自己一个安慰。之后，每每出海回来，父亲会抱起穿了这件毛衣的我"招摇过市"，母亲笑他意图明显，相当于四处展示他的创意和父爱。

偶尔也买新毛线。那金黄色毛线购自供销社，艳丽如晚霞，柔软似棉花，母亲的手指轻巧跳跃，牵着毛线划出一个又一个弧，恰似跃动着的小火苗。我黏在她身旁，看线团慢慢变小，毛衣慢慢变长，终于，成品出来了，是个马甲，倒穿式，后背系扣子，母亲用黑色开司米在领口和肩围勾了一圈花边，宛若许多个花瓣串连在一起，又在前胸部分绣了一个大大的黑色蝴蝶，一对棒形触角竖起，显得特精神。

这件马甲实在出众，我穿着它得到诸多赞美不说，周边的婶子阿姨们更是纷纷向母亲讨教。也是从那时起，我决定要学习打毛衣了。母亲手把我教我，我学得快，简单的编织法一下就上手了，并独立完成了一对护膝，无跳针、漏针，织得平整、松紧有度，母亲夸我还真是这块料。

自此，我彻底爱上了打毛衣，织围巾，织手套，织布娃娃的衣物，一放学就在家里鼓捣。我手巧的名声传了开去，常有小伙伴和同学央我织东西，或教她们编织，课间休息，女生们围在一起织小物，粗细不一的钢棒针竹棒针，五颜六色的毛线，大伙对自个儿亲手织就的玩意儿充满了期待。

三年级的某天，教我们数学的周老师叫住了我，问我是否愿意帮她的忙，给她的侄女织一件毛衣，她侄女比我低一级。周老师已有数日没来学校，她美丽的眼睛肿如核桃，嘴唇开裂，一说话，血一点一点渗出来，我一口答应下来，我是真心愿为她分担，当然也掺有虚荣心，想在老师面前表现一番。

周老师拿来了毛线，暗红色，略弯曲，说明非新，为其他毛衣所拆，我想起周老师曾有过这样颜色的毛衣。怕我把握不好大小，母亲给起的头，除了衣身最下部和袖口是罗文针，其他均平针，织起来还是省力的。织到一小半时，我才得知，周老师的两个嫂子在不久前的15号船事故中同时遇难，那次海上事故死了好多人，他们大多是去宁波购货的。

周老师的侄女刚刚失去了妈妈，怪不得没人为她织毛衣，原想织完后获得一些夸赞的心思如灯熄灭。我更加勤快地织，喜欢的电视和游戏暂时弃之，也更加谨慎，分袖子分肩等关键步骤，都让母亲监督，怕万一出错，返工费时。最担心的是，天气突然变冷，女孩却还穿不上这件毛衣。

毛衣终于织好了，我并不感觉轻松，周老师接过毛衣，又夸又谢，我也并未有多开心。我觉得自己织了一件充满悲伤的毛衣。

有一天放学，我在校门口等人，学生们陆续出来，高矮胖瘦，着装各异，我一眼认出了自己织的毛衣，我太熟悉它了，套头，小翻领，它正被一个短发女孩穿着，女孩背着颜色发旧的书包从我身边走过，她的侧脸被头发遮了大半，五官隐没于阴影。与女孩相认的念头一闪而过，终没有付诸行动，惟呆呆望着她的背影，直至那暗红色的影子拐入小径。

多年以来，每每提及毛衣，我总会想起她，在其不幸的童年里，那件毛衣是否曾暖过她的身和心呢？

花裙子，舞起美丽的梦

六七岁时，我只有两条几乎一模一样的连衣裙，衣身白色，裙身皆为花布窗帘的余料。其实，两个白色衣身的面料是不一样的，一件的确良，另一件略透明，母亲称之"玻璃纱"，但谁会注意这点差别呢？后来，母亲在两裙子的胸口绣上了不同的小花，既增添美感，又用以区别。小小的我还看不上这样不伦不类的"相拼裙"，一心想要全身一个花色的连衣裙，那样才和谐完美嘛，甚至做起了美梦，要是能拥有各色各样的漂亮花裙子该多好，且美梦一做多年。

在那个年月，一个小女孩要实现穿崭新花裙子的愿望，并不容易。我向母亲讨要了多次，起初，她一口拒绝，后被持之以恒的我惹烦了，只好勉强答应，说会去供销社扯一块好看的花布，再让裁缝师小姑婆做一条连衣裙。这下，我的心里像吹进了五月的暖风，醺醺然矣，兀自遐想裙子的花色和款式，遐想自己穿上它的模样，越想越心急，三天两头问母亲，花布扯了没？小姑婆在做了吗？母亲总是说再过几天，再过几天。

未曾想，我的花裙子还没影子，小伙伴芬倒有了一条崭新的连衣裙——洁白的底子上开出了一朵又一朵的粉花，颜色素雅，花色活泼。她在我面前转圈圈，裙子鼓得像一把旋转的花伞，美得让人眩晕。连续很多天，芬的那条裙子一直在我眼前飘来荡去，如烟似雾的粉色洇晕了那时的梦境。对花裙子的渴望达到顶点时，天边绚烂缤纷的彩霞都能让我发痴，心想，若能扯下彩霞做裙子就好了，能做好多好多条！然这个毕竟太不现实了，我转而对家里唯一的花布窗帘产生了非分之想（就是余料做了"相拼裙"的那个窗帘），一大片热热闹闹的橘色中糅杂了黑色的圆点，做个连衣裙肯定不差。我握把剪刀在窗帘下坐了许久，无数遍想象着自己从凳子爬上写字台，剪下窗帘，我有给布娃娃裁剪、缝制衣裙的经验，依葫芦画瓢做一条大的裙子应该没问题，顿时，心里充满了悲壮的成就感。当然，鉴于预料得到的可怕后果，最终没敢实施。不过，我还是大胆跟母亲提了建议：这么好看的花布做窗帘浪费了，不如卸下来给我做裙子，窗帘么，随便找块难看的布就行了啊。

等得快绝望时，我被告知，有新裙子穿了——当然不是窗帘做的。那是我人生中第一条完完整整的碎花连衣裙，浅蓝与浅粉相依相偎，宛若胭脂云飘满蓝天，同色褶皱花边绕着领子镶了三圈，泡泡袖蓬起，两条飘带自然垂落于两侧腰部，可在腰后打蝴蝶结。穿上新裙子后，我自觉地拒绝跟那些男孩子一起玩泥巴，安安静静地端坐在院子里，并祈祷夜晚到来得慢一些，因为晚上洗了澡就得换掉裙子，至少等上一整天才能再穿上身。

什么时候能拥有另外一条花裙子呢？

穿上第二条碎花裙时，我已经上小学了。与第一条百褶裙不同，这一条是喇叭款，小姨依着裁剪书给我做的。深深浅浅的紫色花瓣在我身上雀跃，大大的荷叶领温柔地拥着我的脖子，芬说我把攀爬于院子石头墙上的牵牛花穿在了身上，她去央母亲也给做一条，却被狠狠骂了一顿，遂灰头土脸地偷了碎布头出来，自个儿没得穿，给布娃娃做身新裙子总可以吧。

那时候，电视逐渐普及，一放假，我和芬就乖乖守在黑白电视机前，那里的世界精彩纷呈，那里的衣裙新颖绮丽，我俩尤其痴迷《小妇人》（动画片）和《茜茜公主》，片中裙装多而美，看过去为黑白，色彩全在我们的心里和脑子里，两人还尝试用蜡笔和水彩笔画下自己心仪的那款。看着画着，难免心痒，趁大人不在家，动用一切适合的物品，如丝巾、围巾、毯子、桌布，甚至被面和蚊帐，大胆发挥想象力，在身上扎一扎，系一系，上演裙装秀。两女孩还讨论起长大了做什么可以每天穿花裙子，芬的结论是去唱戏。

过年过节，常有戏班子来岛上，我紧盯着花旦的裙子看，那么轻柔、淡雅、清丽，芬迷上裙子也迷上了唱戏，咿咿呀呀地学唱，还不顾其母亲告诫，想方设法跑去看戏，被揍了好几次。奶奶跟我们说起了数年前的一件事：有户人家重男轻女，儿子想吃啥穿啥尽量满足，女儿到了爱美的芳华之年，却仍穿着打补丁的衣裳，女孩实在渴望穿花裙子，翻来覆去想了好几天，终于跟家里提出了，她父亲一听，操起扁担就劈了过去……后来，女儿跟着戏班子走了，临上船，有人提醒后悔还来得及，她很坚定地摇头，说要跟着戏班子学戏，不怕苦不怕累，她不但要穿美丽的戏服，挣了钱还要买自己喜欢的裙子。

有一次，我梦见了那个姐姐，亭亭玉立，长发披肩，着一身浪漫的花裙子翩然而来。梦里看不清她的脸，但我知道就是她。

裤子之缘

上小学之前，我似乎没有一条像样的裤子，并非母亲不给做，而是我比较费裤子，玩起来不管不顾，扮家家酒、捏泥巴、造小屋等等，坐着、跪着、躺着，跟野猴子一样，裤子很快就脏了，旧了，破了。我们这群"野猴子"还在一号码头发现了一处斜坡，甚是平滑，特别适合当滑滑梯用，有段时间，几乎天天去滑，反反复复地滑，然后，我和弟弟的灯芯绒裤子竟同时磨破了，母亲叹气：你们两个啊，得穿铁裤子。

穿再新再好的裤子也能速速变旧，母亲新做了裤子索性先放起来，待过年或喝喜酒时才拿出来，平日里就穿旧的、打了补丁的。我也不在意，裤子么，随便穿穿度日，在我的逻辑里，裤子不重要，漂亮美好只跟裙子有关。不过，自从去了一趟小学，裤子在我心中的地位就如蹿上天的鞭炮，"嗖"一下高了。

作为一名适龄儿童，母亲教会了我数数字及十以内加减法，以便应付上学前的报名。终于，那个下午，母亲带我去了小学，那是我第一次见到学校。正是上课时间，母亲抱着我经过一个个教室，从窗口望进去，跟我年龄相仿的和比我大一些的均坐得齐齐整整，身上的衣物说不上崭新，至少不旧，且洁净，这样的他们仿佛具有某种优越感，衬得我灰头土脸，尽管当日，母亲把我打理得也颇整洁。到了家，校长办公室答题的紧张早已被我抛之脑后，只特认真地跟母亲表达了自己的想法：我九月份就要成为一名小学生了，不能再穿破旧货，得穿新的好看的，包括裤子，母亲趁机引导，说都要上学了，得文静些，多看书，别再搞得满身泥。

母亲扯来一块的确良花布，红白相间的小碎花，碎花们手拉手，连成一长条，又一长条，远看像白底红条纹，剪刀"咔嚓"几下，缝纫机"哒哒哒"几声，一条花裤子即成。天渐热，正好可以穿。穿了花裤子，我舍不得再往泥地里蹭，一天下来，整个人果然清清爽爽，晚饭后洗了澡，死活不肯换裤子，因为要去罗西姐姐家看电视，那么多人一起看电视呢，当然要把最悦目的裤子穿上。

那个时候，岛上还未通电，有电视机的人家凤毛麟角，罗西姐姐家不光有电视，还有电瓶，每晚，总有一大群人挤进她家的院子。我坐于最前排的小竹椅上，注意力被四四方方的屏幕吸引，只当前后左右的人不存在。那一晚，有个小女孩搬着小马扎轻手轻脚地到来，并挨着我坐下，我不情不愿地稍稍侧脸瞥了一眼，咦？好像哪里有点眼熟，遂将眼睛彻底从电视上移开，转向她，她竟然穿了跟我一模一样的红白相间裤子，在月光和荧光里，红色比白天暗了些，但依然美观。她也发现了，腿特意朝我挪了挪，两人相对而笑，就此相识。

　　头一次忽略掉那个令我为之沉迷的屏幕，与她小声交谈，她住附近，跟我同龄同姓，名字里也有个"yan"（艳），夏天过完，我们都要上小学了。艳皮肤白皙，五官清秀，落落大方，我一下子就喜欢上了她，临别问她，明晚还来不来看电视，她说会尽量。此后，去罗西姐姐家就不只为看电视了，还想见见与我有同款裤子的投缘的艳。

　　九月份开学，在陌生的教室，在一群陌生的一年级新生中，我和艳同时望见了彼此，那日，两人都穿了那条红白相间的碎花裤。学校里，我俩自然更亲近些，经常黏在一起，老师还以为是两姐妹成了同班同学。二年级、三年级、四年级、五年级……我和艳既是同学又是要好的朋友，她在我家做作业、玩游戏、聊心事、织网，而她在自己家里，俨然是个小主妇，扫地、打水、烧火、洗衣，第一次见她削番薯皮，我怔在了那里，只见她左手握番薯，右手执菜刀，"唰唰唰"，那么熟练、利落，皮雪片似地往下掉，削得薄且大小差不多。周边人家都知道艳，说她勤快懂事，我简直有点儿为她自豪。初中，我和艳分在不同的班级，她来找我的频率比较高，若有各自的同学问起，我们就说，喏，那是跟我有同款裤子的好朋友。彼时，那条碎花裤早已不知所踪，就算在，也都穿不上了。

后来，艳出岛求学，选了服装设计，偶尔，她会在寄给我的信中夹上照片，照片里的女孩穿着其自制的衣服裤子裙子，俏丽纯美，青春逼人，她说，以后，咱俩想穿世上绝无仅有的同款便容易了，她会负责设计和制作。那些年，我们飞来飞去的信笺里装满了自认为最美最特别的关于服装的构思。

惊艳了童年的大衣

我被那件橘黄的绒绒的大衣勾去了魂，久久回不过神。

那一年，我六岁，在上海看病。离开前，父亲抱着让母亲和我开开眼界的心思，领我们走进了上海第一百货。一个偏远小岛的孩子头一次置身于商场，且是这么大这么繁华的商场，眼睛早已不够使了，前后左右上下，脖子都扭酸了。到了童装区域，我完全忽略了其他的服装，直勾勾盯住一件橘黄的半长款大衣，鲜亮如朝霞，胸口绣有动物图案，金属扣子闪闪发光，料子也稀奇，厚实，表面有绒毛，想象着穿上它该有多暖和。我满心满眼皆是那款大衣，而父母亲看了价格后，以长大后再买劝说我，我毫不理会，只想立马拥有它，他们只好连哄带骗，速速将我带离。

一路上，我的眼前和脑海不断晃动橘黄的影子，许许多多的影子，一会儿列队一会儿重叠，它们汇成一大片橘色雾气包围了我。我任父母亲抱着背着，混混沌沌前行，直至到了码头，上了船，我突然清醒，想及再也无缘于那件大衣了，不禁悲从中来，绝望地大哭。船开了，离上海越来越远，我越来越难过，抽抽搭搭，唉声叹气，直到母亲再三允诺，会买同样的布料给我做一件方罢休。

　　回家后，我自然看不上那些棉袄了，自己的，别人的，都显得土气又过于朴素。某日，一小伙伴穿了新衣，黑红色大格子呢大衣，得到了众多赞美，可我觉得不及我的橘黄大衣千分之一，并详细描述了大衣的模样，大家的胃口被吊起了，纷纷要求我穿出来，我很沮丧，说衣服在上海的百货公司里。此后几天，我接二连三梦见那件大衣，每回醒来就跟母亲念叨，父亲到底什么时候会买回来布料呢？

　　父亲提过，那种面料少见。父亲所在的运输船靠码头后，他都会上去逛逛，宁波、上海、南通等地的大店小店也注意过，一直没遇到。不过，父亲买来了他认为格外好看的，先是嫩黄色灯芯绒，后有深粉色镶金丝格子薄呢，母亲均拿到了裁缝师小姑婆那，分别制成了款式别致的大衣和西装，我知道，它们也很漂亮，因为它们，一个小女孩曾变得那么耀眼而自信。可是，始终撼动不了橘黄色大衣在我心目中的地位，先入为主加求而不得，于我，大衣已不只是大衣了，而是一个绚丽的梦。

　　夏天时，我光惦记裙子，暂时淡忘了橘黄大衣，待天一冷，西北风"呼呼呼"横冲直撞，我的心里也起了风，刮出了记忆深处的那抹橘黄，飘来荡去，飘来荡去，我对它的渴望化作了牢骚，又一年了，我要的大衣为什么还是连个影都没呢？每当这个时候，父亲母亲的脸上总是微露愧色，两人偷偷说，早知道我惦念成这样，当时狠狠心买下算了。长大后，我才知道，彼时，我们家因盖房欠了债，后又给我治病，花费甚多，那几年，父亲母亲过得相当艰难，而他们，还是尽了最大的努力把我扮得美美的。

终于，父亲那次出海回来，颇兴奋地拿出叠成四方形的布料，绒绒的，厚而软，是艳丽的杨梅红，他说，好不容易找着了这种面料，就是没有橘黄色，"好吃鱼肉，好看红绿"，小女孩穿梅红铁定好看的。母亲兴冲冲去了小姑婆家，从记忆中翻出商场童装的大致模样，自此，一款带有圆梦性质的大衣算是有了着落。

翻领，两侧各一个方口大兜，有内衬，却在纽扣上犯了难，没有让人眼睛一亮的大纽扣可与之相配，后决定用同款面料做包布扣。母亲坐在饭间的窗下，长满冻疮的手忙不停歇，杨梅红余料裁成几个大小一样的方块，棉花搓圆，塞进方块，缝成圆乎乎的包布扣。窗外的光细细碎碎地漏进来，她的侧影茸茸的，柔柔的，像在某个梦境里。

杨梅红大衣上，大大的包布扣宛如一个个杨梅红的汤圆，那么惹人喜爱。我穿上了大衣，心情美得快要飞起来。那个冬天，是被杨梅红映红映暖的冬天。

竹质光阴

∨
∨

常常，我途经的并非同一片竹林，然又似同一片竹林，一样的密密匝匝，翠浪起伏，竹子也一样的或苍劲或修直或纤削，一阵清风穿过，连飒飒竹声都如此雷同，像古老的歌谣破空而来。

在我的故乡，那个浙东小岛上，竹亦如是。小岛四面环山，一场春雨过后，山上的笋用攒了一冬的劲破地而出，它们像破壳的鸡仔般探着脑袋，笋儿尖尖，直指云天。笋迎着春风渐渐拔高，过不久，就从林立的"小宝塔"变成了一株株挺拔的翠竹，满山葱郁，整个岛如被绿色的潮水拥围。

小孩跟随大人去挖笋，恨不得把眼睛贴到地面去，一见泥土微微隆起且松软就嚷嚷，知道底下必有新笋。新挖的笋带着湿润的泥土香，饱满，鲜嫩。笋好吃，可炒可烩可烤可炖，不过，吃笋季短，它们一忽儿便成了竹子，但少时的我并不感觉败兴，毛竹自有毛竹的妙处。

学校后面有片竹林，是孩子们上课前和放学后的好去处。竹子不算密集，一杆杆拔地而起，刚劲、俊美。清晨，竹林里空气微凉，几杆翠竹上，露水慢慢滑下，鲜润润的。偶尔一抬眼，竹子上泛起了点点亮光，仿佛迸溅的水花，那是阳光悄悄挤进来，在油光锃亮的竹皮上嬉戏。风吹过，竹叶沙沙沙，像轻抚琴弦，像蚕食桑叶，停于竹梢的鸟儿警觉地飞走了。

男孩们似乎更爱钻竹林。他们把书包往竹枝上一挂，比赛爬竹子，猴子般"嗖嗖嗖"上顶，而后骑着竹梢往下弯，一弹一弹，称之为"坐飞机"。下了地也不闲着，每人持一截竹竿子打打杀杀。"武斗"累了就来"文气"点的，摘竹叶吹，做竹管枪。幽静的林子成了喧嚣的乐园。回家了，还不忘折一个带竹叶的细竹梢，各自拖着上路。父亲用弟弟拖来的竹子削成竹哨子，姐弟俩一人一个，"嘟嘟滴滴"地吹，唇边留下了新竹的清香。

某回，一男生吊在竹权的书包里游进了蛇，那蛇全身翠绿，甚是好看，却是一种毒蛇，名为竹叶青。此事一传开，吓得大家好一阵子没敢去竹林。

砍老竹，一般在入冬到立春之间，这个时节天气干燥寒冷，竹材组织结构紧密，也不易生虫。砍掉的老竹子并未走向消亡，它们将在篾匠手里重生。

我亲爷爷的堂弟就是篾匠，我叫他阿爷。根据竹子的粗细、颜色深浅，阿爷能辨别其生长年份和阴阳面，何种竹器用哪类竹，他胸中有数。阿爷常在院子里剖竹，他手持篾刀，左劈右劈上下翻飞，如拉面一般，变出了无数根细长柔韧的篾条，一甩，"沙啦啦"，恰似清风穿过竹林。

篾匠的工具不多，篾刀、篾针、剪刀、度篾齿……这门精细的技术活，大概最重要的工具是篾匠的手指。阿爷系上围裙，往小马扎上一坐，扁而薄的竹篾在他指间舞动，犹如起网时小鱼群弹来跳去,十根手指似有磁性,篾条被吸得牢牢的,任怎么拨、拉、挑、压、穿,依然服服帖帖不离不弃。"哗哗"声中,篾条来回穿梭,纵横交错,一个不注意,竹器底部就编好了。

阿爷四周,成品与半成品随意散落,筐子、篮子、筛子、簸箕……方的、圆的、扁的、长的,形状大小各异,编法花样百出。光竹编器物的底,就有米字型、斜纹、平编、三角孔等编法,什么器物配什么花纹的底,从手指与篾条相触时便定下了。

竹器编织完成后,篾匠要细细端详,粗糙刮手的、提手承重不够的、影响美观的,都得一一解决。一般来说,竹编器物应以平整紧实,轻巧坚韧为佳。

竹器的踪迹,可追寻至上古。部分建筑之材料,起居之器物,争战之装备,均借重过竹子。如,以竹子搭建屋子,竹编的筐、篮用来存放食物,而竹制的箭矢可作为狩猎和攻防的武器,有远古民歌为证,"断竹,续竹,飞土,逐肉"。古人采青色竹子,加工成竹片,用火烤出水分,即成竹简,亦谓之汗青。后又以竹造纸。战国时,各式做工精美的竹器盛行,宋代则出现了大量麻竹纤维制成的竹丝、竹麻,竹布、竹履、竹冠、竹扇……怪不得苏东坡感慨:"食者竹笋,庇者竹瓦,载者竹筏,爨者竹薪,衣者竹皮,书者竹纸,履者竹鞋,真可谓一日不可无此君也耶!"

从前,故乡人家用到的竹器甚多,竹床、竹躺椅、竹席、竹桌、竹椅、竹梯、屏风、箩、筐、篮、篓、扫把、扁担、蒸笼、水壶壳、织渔网的梭子和尺板……竹器大多颇有年头,经与主人家肌肤长期厮磨,触手光滑,肌理温润,竹色如涂了一层暗黄色的油,岁月赋予了其沉稳的光泽。

尤其竹食罩和饭筲箕，概因日日被厨房的烟火气浸润，质感更显油光水滑些。两者皆囿于灶间，却难有接近的机会，一个守护着桌上的饭菜，一个则盛剩饭悬于半空，各尽其责。

竹食罩如一口倒扣的钟，编织紧密，缝隙细小，透风，然恰好能挡蚊蝇，因了它，即便罩在里面的只是寻常食物，亦添了些许神秘，更何况，惊喜虽未几，总有降临之时，外面玩了一圈回家，饥肠辘辘，猛一揭食罩，赫然有一碗杨梅或甜点心，这等犒赏足以令孩童欣喜至极。

饭镬里难免有剩饭，哪舍得任其馊掉，没有冰箱的年代，饭筲箕担起了重任。饭筲箕用细篾丝编成，圆形，有柄，可装上米饭、糕点等悬挂于灶间或堂屋通风处，配了同材质的盖子，防苍蝇、老鼠叮咬，又能遮灰。那时的孩子，饿了会不由得望向头顶的饭筲箕，巴巴等着大人从上面取下锅巴。夏夜闷热，外婆甚至将饭筲箕吊在了水井里，次日早晨提上来，一股凉气亲密相随，剩饭冰冰凉凉，依然喷喷香。

母亲每每到河边洗饭筲箕，我和弟弟都乐颠颠跟着。饭筲箕需在水里浸泡一段时间，才好刷干净。母亲往筲箕里放块石头，朝河里一扔，系于柄上的绳子留在岸上，或缠住或压住，便不再理会了，自顾自选个石板洗衣服。姐弟俩等在岸边，片刻过后，实在按捺不住，迅速提起了饭筲箕，水从篾丝的缝隙间"哗哗"流下，受了惊的小鱼小虾拼命蹦跶，它们贪嘴，终究没逃过米饭的诱惑——粘于筲箕底的米饭。瞧着一双儿女兴奋得大呼小叫，母亲的眉眼充溢了笑意。

岛上有种长相特别的竹篓子，口小肚大，圆鼓鼓的身子快到头时猛地收紧,形成细如头颈的口子,可一手掐住。我们叫"克篓"。在当地方言中,"克"有"掐"的意思。"克篓"这种易进难出的特点,很适合装活蹦乱跳的渔获物。在滩涂上,克篓是一道别样的风景。扳鱼的、钓鱼的和放蟹笼的,他们的克篓都乖乖候着,大大小小,颜色繁杂,像各种肤色各个年龄段的孩子等着被投喂,海风从篾条的经纬交叉处穿过,篓子不倒翁般轻晃起来,随着捕获的海鲶鱼、鲻鱼、鳗鱼、青蟹等进驻,克篓愈发稳当,并发出一连串窸窸窣窣声。

一有空,外公就和舅舅背着克篓扛着挈网去捕鱼虾,但凡他们从海边回来,家里的厨房就成了人间天堂,克篓里鱼获虽杂,却都生龙活虎。我尤爱大如手背的青蟹大钳子,煮熟后用刀背敲开,雪白鲜香的肉一露面,口水几乎决堤。美味让人对跟其有关的一切都心生好感,比如克篓。一直以来,对于终年散发着海腥味的克篓,我是熟谙并亲近的。

海边人家,织网补网属家常,而梭子是必不可少的工具。梭子以多年生的青竹为坯料,表面平整,竹质均匀,它牵着网线划出各种弧线,编结出一个个网眼,进而相连成渔网。

外公和父亲均会雕梭子。将竹子按竹节锯下,竹屑飞舞中,已削成薄薄的竹片,刻刀在竹片上一点一点移动,挑剜,镂空,一把头尖身细的梭子做成。再用砂纸擦磨,以达到光洁平滑。

夏日晚饭后,隔壁的姊子们腋下夹着渔网,一手挽小竹椅,一手拎竹篮(竹篮里满是缠好了网线的梭子),聚于我家院子里。她们织着网聊着天,梭子与尺板的叩击声"笃笃笃"。而我,则把自己安顿于母亲用井水擦拭过的竹躺椅上,肌肤紧贴竹条,清凉慢慢渗进身体，不动声色地驱散了白天蓄积的热气。母亲端出竹匾，竹匾里的煮玉米香气诱人，仰面躺着的我啃玉米，看星星，不知什么时候便睡着了。

竹制品是竹生命的延续。尽管有些竹器已渐渐隐退，但新的竹家居用品、竹工艺品等被开发、研制出来，在生活中随处可见。竹，这座"绿色金矿"一直以各种形式陪伴着我们。

对竹而言，使用它的人类不过是匆匆过客，它于时光深处缓慢生长，成就质地，以中空外直之态扎根于大地。土地之下，竹鞭交叉盘结，错综复杂，连成一个网状的整体。每一片竹林里，都蕴藏了大面积的鞭根和无数颗蓄势待发的竹芽，劫劫长存生生不息。

第二辑　山河故人

追潮水的人

> >

　　海面渐由浅灰转至深灰，平静得反常，像一个暴躁的人强忍着怒气。

　　终于，一条"白线"浮出天际，快速移近、变粗、拉长，白浪翻滚，似一堵水墙横贯海面。我的外公斜背鱼篓，推着挈网过了滩涂，逆水而涉。潮水蛮横地漫过他的膝盖、他的胸，将至脖子，他方从容转身。挈网已整个儿入水，外公双手紧抓网两边的竹竿，缓缓朝岸边推进。海浪咆哮如雷，肆意而起，又如暴雨般落下，他上身岿然不动，昂着头，半眯起眼睛，嘴唇紧抿，踏着潮水前行。鱼虾蟹被浪头挟裹，昏头昏脑尽入网中，并一路随行，待网推出海面，才惊觉，才拼死挣扎，这时半空中，闪闪鳞光忽上，忽下，只是，再怎么蹦跳也难逃生天了。

　　挈网为外公自制。两根粗竹竿下端钻洞，用绳扎牢，网纲穿进杆中，中间撑个短横杆，使之呈"A"型，网自然撑开，形成网袋。为便于在滩涂上滑行，"A"字两脚各安装一个翘头木板，犹如姑娘的小脚。平日，挈网放在院子背阴处，下过海后，外公拎井水冲洗，以减弱海腥味。

有几年，外公白天去一个叫龙头岙的地方劳动，晚上，戴上灯帽扛着挈网进发海边，头顶的灯光默默发散，滩涂被氤氲出一片昏黄。他望了望天边的月，大概什么时辰，离涨潮还有多久，便心中有数了。夜晚的海晦昧莫测，海水的荡漾声寂寥而空旷，很快，潮水升涨，像一头巨大的猛兽从海底蹿起，张开深不见底的大口，外公推着挈网，走向暗夜之海，走向喜怒无常的"巨兽"，他一米七五的身影挺拔、坚定，犹如孤绝的英雄，而后，又穿过黑网般罩住他的潮水，回到岸上。挈网里的渔获物重沉沉，估了下，一潮捕了十多斤，外公瘦长的脸松缓下来，粘着又薄又糊的月光回了家。

　　家人不赞成外公晚上去推挈，尤其冬天和春天，海水寒得彻骨，上身可以套棉袄，下身却只能着短裤，于是，外公常常冻到腿部和嘴唇发紫，上下牙"咯咯"打架，而完全麻木的脚一路走过滩涂，被划伤割破毫无知觉，之后才发现创口颇深，血淋淋一片。偶尔，第一潮捕捞完毕，渔获物却无几，那就得等待下一次涨潮，他嫌来回费时间，干脆在码头背风处打一会瞌睡。到家时，往往天将亮了，一早还得赶去龙头岙，外公就用冷水洗把脸醒神，随即，挑着空箩筐上路。

　　外公得了严重的气管炎，差点引起肺炎，稍好后，依然故我。外婆深知他倔，劝不住，只提出以后去推挈让大舅跟随，外公应允。岛上，很多人奔忙于海里海边，只为讨生计，而当时的外公家，长女已出嫁，长子开始工作，生活基本过得去，按外婆的话说，他是心痒，潮水一涨心就痒。除了挈网，外公还备有扳罾和串网，使用哪种，看天气看潮水看心情。

外公在龙头岙工作了好几年，再不甘心，他也只能认命。外公曾拥有一条自己的运输船，他既是老板，也是船长，后来，那个叱咤海上，擅长与潮水周旋的人被迫离开了海运公司，被弃于陆地，在龙头岙翻土、浇粪、挑石头、搬运树木……干着各种苦活杂活。

外公出身于富庶人家，受过良好的教育，岛上民间流传的"长涂岛三支半笔"，他算其中一支，眼界、学识、魄力均有过人之处。外公二十来岁就买了艘运输船，在当年，他的船称得上大吨位，船如主人，稳当，豪迈，意气风发。帆船凭风驶行，靠岸时间不好估计，顺风时驶得快，万一逆风，只能依着潮水流向走S形，船上唯一的助航设备为一个小罗盘，在苍茫大海中航行，它更多依仗的是船长的航海经验。外公当仁不让地成为整艘船的心、眼、耳，他琢磨出了算潮水的公式，以及数种状况下的大致航速，他听潮水，辨潮水，综合潮水、天气等情况决定何时出航，判断装货卸货的最佳时辰，他尽心筹谋，拉人脉，接洽商谈，从此生意通四海。那个时候，他的才能得到了彻底发挥。

但这样的人生在某一天戛然而止，人命运之诡谲不亚于潮水。

每日清晨，靠窗的大圆桌上，外婆摆了兰花豆、海蜇或炒芝麻，外公从里屋缓缓出来，坐于桌前的竹椅，而后，抓起旁边的抹布，把原本很干净的桌面擦上一遍。早饭时，外公总要先喝上一小盅白酒，就着兰花豆等，"滋滋"一口，又一口，阳光穿过玻璃窗，映照在他的脸上，他微闭眼睛，不紧不慢地咀嚼，侧边的一颗包金牙来不及躲藏，一闪而过。以前，在岛上，一颗包金的牙代表富有和某种地位，做金牙时，他肯定未曾想过，将来的自己竟会落魄至此。

饭毕,那个闲适的外公倏忽不见,扁担一压上他的肩,整个人便矮了下去,腰微微弯着,肩膀前倾且蔫塌塌,似被抽去了韧带,连脖子也短了几分,仿佛那两只灰旧的空箩筐暗地编进了什么,沉得让人没有防备。外公的长腿套着肥大的裤子,走起路来一鼓一瘪,屁股和膝盖的大补丁逐渐往下垂,出院子时,后边的箩筐碰到了石头墙,左右猛晃,外公低着头消失在墙角。

稀薄的暝色中,外公挑着箩筐回来,在院子放下扁担,他先把自己上上下下前前后后拍打一番,龙头岙的灰尘肆意飞扬,终究被昏暗的天色吞没。他的衣裤又破了几处,露出擦伤的皮肉,外婆做的黑色布鞋沾满了泥,两个脚趾悄悄探出了头。箩筐多数是空的,偶有几个梨子或野果子,为外公路上随手所摘,他也不提筐里有东西,自顾自进了屋。

这样的场景甚是常见,外公几乎不说衣服怎么破的,如何受的伤,在龙头岙干什么活,发生了什么,只是嘱咐外婆该清洗的清洗,该缝补的缝补。洗了澡换身衣服,同在龙头岙做工的朋友来串门,两人喝着酒闲聊,下酒菜是几种鱼干,外公陆续捕来晒干的。那人说下回一起去推掌,外公脸颊微红,提及潮水,他的音量不自觉调高了,"头更""起水""北水""南水""三平潮"……用筷子在空中比画来比画去,忽高忽低,起伏如潮水,那颗包金牙在灯光下忽闪忽闪。

网具用得勤,外公检修得也勤,捕捞的要紧关头,可不能出一点岔子。杆子一出现小裂口或虫蛀迹象,他便去后山砍下翠绿的新竹,削去头尾,用砂纸稍做擦磨,换新后,渔网立马有了精气神。绳子经海水浸泡易脆易烂，外公囤有多量麻绳以备用。网在推和拖的过程中难免受损，还要遭渔获物噬咬，外公将其完全摊开，逐一检查，连补网也亲自上阵，用的梭子还是他自己雕的。外公蹲在院子里，一把梭子穿来穿去，上下翻飞，大姨二姨来回走了几次，说这个活可以让她们干，外公不加理会，阳光下，他的影子与网的影子牢牢粘连在了一起。

  有一次，算起来正是小水潮，按理说，海面涨落差距应该会很小，而来潮却气势汹汹，夜色里，海水沸腾了一般，泡沫滚滚，浪推着浪，浪顶着浪，越蹿越高，那劲头，似要把大海掀翻了。外公察觉不对，小潮像大潮，台风随后到，他开始收拾网具，劝其他几个同村人赶紧回家，台风天的海边极其危险，不宜久留。同村人正捕在兴头上，舍不得半途收网，又望望天，没感觉到异常，认为外公胆子太小，想象力又过于丰富，外公好说歹说，他们才快快照做。果然，台风像长了飞毛腿，猛然进犯，它暴烈恣睢，横行无忌，搅得天地间狼藉一片，海上的巨浪滔天，瞬间卷走了滩涂上的一切。后来，同村人专门向外公道了谢，还说要跟他学习怎么分辨潮水，这技能，关键时刻能保命。

  台风过后的那晚，人家忌惮台风的余威，甚至担心台风返回，外公站在院子里看了会儿天色，又和升起的月亮对望了几眼，却让大舅小舅带上推挈桶，一起进发海边。邻人疑惑：那么大的浪冲过，鱼都被台风刮走了……见外公笑而不语，她摇着头嘀咕：还搞个大桶，装人吗？平时，外公带鱼篓，捕捞一潮，所获之物鱼篓基本够用了，且其携带方便，肩上一背即可，而推掽桶直径达一米，这种大家伙，轻易不现身的。不出外公所料，台风后真有"大网头"。刮台风时，鱼虾蟹被接连不断的巨浪折腾得昏昏沉沉，喝醉了般，接下来即便只是小潮水，它们也都身不由己，随着潮水一群又一群地落网。推掽桶底部呈凹圆形，可减少在滩涂拖曳时的阻力，大舅小舅赤脚陷在软泥里，推着桶跟上推掽网的外公，掽网里的渔获物被纷纷甩入桶，桶越来越重，两人兴奋得哇哇叫。

三人抬着推掽桶，踏进院子的步伐昂扬到令人无法忽视，小舅更是一阵大呼小叫，引得家人们都出了屋门，朦胧月光下，大半桶的渔获物做着无谓的抵抗，扭结于一起，鲻鱼、鳗鱼、青蟹、鲶鱼……货色多样，人人瞧得脸带喜色。外婆率先进屋，灶膛生起了火，趁透骨新鲜煮上一锅，让全家人当夜宵。

水井旁，父子三人一块冲洗，冲掉身上的烂泥和海腥味，"哗哗哗"的水声中，隐约传来外公的声音——海岛人不懂潮水，要愁没饭吃。

在龙头岙做工的那段岁月，外公把自己掰成了两半，一半丢给白天，一半交给夜晚，捱过漫长的白天，终会抵达自由之夜。夜晚的他是对白天的他之弥补，是授予自身的嘉奖。他见识了形形色色黑夜里的海，形形色色黑夜里的潮水，他说潮汐就像一个人，摸透了其个性，相处起来就容易多了，而它比人更守时，简直准如时钟，日涨日落，夜涨夜落，永无差错。

外公终究等来了这一天，不必再到龙头岙做工，小舅顺利顶了他的职，去了海运公司。就像一条鱼，在浅又小的水沟挣扎许久后，再次回到了无垠的大海，人生重新辽阔自在起来，外公把龙头岙劳作的衣服通通扔了,让裁缝师小姑婆做了两身新衣,他双手叉腰站在阳光里,瘦高的身影镀上了浅浅的金色,风吹过,他的头发朝后仰了仰,又桀骜地立了起来。

白天的时间仿佛是额外赚到的,外公要么在院子里发呆,要么去海边吹风,要么和几个朋友进进出出,要么一个人喝酒,酒下去,话就多了,基本上都在自言自语,似总结似规划,家人也听不大清,他大概也不指望别人明白,只顾自个儿畅快地讲呀讲,他的脑袋轻轻晃动,开阔的高额头锃亮发光。

外公做了决定,要买条船,这回买条小的,小舢板,跟一个朋友拼着买,思忖着不用多久即可赚回本钱。外公一向说一不二,很快,便成了一条崭新舢板的主人,出于对外公的绝对信任,小舢板的出航、捕捞、生意往来等均由外公定夺,朋友只想做个跟班。自此,时年五十岁的外公重启驰骋海上的生涯,意气风发一如后生时。

作为一种木结构小船,舢板长四五米,以摇橹前行,适合近海作业,一天来回。外公是舵手,也是船工,为赶潮汐捕捞,出海时间不定。有的潮水,一旦错过了它的涨落,等于舍弃了一船的渔获;有的潮水,要在它落尽与涨满之间钻空子,小舢板趁那两三个小时通过去,而贝壳类也刚好显露踪迹,可大肆采捞;有的潮水像精心布置过的陷阱,明明到了涨潮期,看上去,海面却起伏不大,或者干脆一副平静安好的样子,外公说,这样的潮水千万莫"追",一旦出洋,潮水使上了后招,进退不得,极端凶险。

除了最为忙碌的鱼汛期,外公会另外雇两三个船工,平常,就他和朋友两人。一解开缆绳，舢板底像抹了油，倏地滑了开去，一层又一层的浪由远及近横过来，舢板一浮一沉，一沉一浮，外公摇着橹，一会远眺海面，一会看一眼橹下欢跳的素浪，轻哼起了渔歌，他的衣衫似涌进了波涛，鼓胀着，澎湃着，舢板摇摇晃晃远去，拖于船后的一道水痕无限展延。

钓籽蟹、捕墨鱼、捞海蜇，抓鲳鱼鲫鱼……舢板出海，总有收获。暑天，海面上挤满了半球状的海蜇，小似锅盖，大若磨盘，它们随潮水浮游，涌过来涌过去，壮观得像一场盛会。外公他们兴冲冲摇着舢板追上去，那些无骨生灵挺机警，"唰"地消失不见，又在不远处探头探脑。外公握着一根带尖头的长竿，瞅准一个，飞快刺破其伞体，另一人赶紧用网捞起，仿佛武林高手。外公立于晃动的舢板，长竿在手，挥出速度一次快于一次，海蜇来不及反应，如戳破了的气球，一个个瘪了下去。海蜇不用明矾腌渍，很快就软塌塌，烂成一团，岛上有句话，"海蜇不上矾，只好掼海滩"，捞上后得立马回最近的滩头加工。外公甚至趁回程时，在舢板上就割开了海蜇腕部和伞体，抓起碾成粉末的明矾均匀揉搓，做好初步工作。

舢板靠岸，有时深夜，有时拂晓，最早也夜晚八九点了，大多时候，还得及时与贩子交易，处理掉海鲜。外婆叹气，好不容易从龙头岙出来，何必这样辛苦，外公不应答，瘦长的脸被一个微笑撑开，略疲倦，眼睛却亮炯炯的，那颗包金牙也亮闪闪的。彼时的白天黑夜，二十四小时中的每一分每一秒，都是外公自己的，彼时的外公是整个儿的，整个儿的他是一尾畅游大海的鱼，逍遥若风，甘之如饴。

他应该以为,这样的日子还会有很多很多,他会摇着舢板,迎着海风,赶追无数次潮水,他会一直如此奔波,又如此满足。可是命运啊,比最狂暴的潮水更冷酷无常,潮水尚有规律可循,命运没有。

几年后,外公患了重病,他动用了所有关系,辗转于上海等处,还是回天乏术。他冷静地为自己选好了墓地,墓地在半山腰,对面就是大海。临终前,他交代家人,死后让自己在家里多停放几日,外公抱着出现奇迹的心思,亲人们闻言愈发哀恸。

那一年,刚出正月,五十五岁的外公长眠于朝向大海的山上,在那里,外公每天能看到潮起潮落,船来船往。风牵携着潮声,由远及近,低沉、萧然,犹如呜咽。

牵手不及

∨
∨

从我记事起,外婆的手就是粗糙不堪的。

她喜欢抚摸我的头,像一张砂纸在我头上磨呀磨,甚至还会发出"沙沙"的声响,于是,我梳得漂漂亮亮的小辫子就抽丝了,就毛毛的了,跟刚钻过稻草蓬似的。我的小嘴撅得老高,好几次,左躲右躲,偏不让她摸到我的头。

有一年冬天,下了好大的雪,我很开心,将雪一把一把地捧进小木桶里,桶快满了,就倒出来,再捧进去,玩得忘乎所以。两只手冻得发红发麻,如同烤熟的青蟹钳子。外婆把我抱至生了火的土灶前,边轻声呵斥我不听话边给我搓手。我冻麻的手突然被一种疼痛激醒了,赶紧抽回来,歪着嘴发出好多个"咝咝咝"。我把脑袋凑过去研究外婆的手,她手里长了针长了刺吗?

这是一双怎样的手啊,红一块,紫一块,黑一块,皱皱,开裂,左手背上还有一条丑陋的疤痕,手掌里的茧子像一个个老实安静的孩子,在手指根部依次坐好。有的茧子不但硬,还有个尖尖的突起。我一下明白了,就是这些东西刺痛我的手的。从此,我就对外婆的手心存芥蒂,有一次,甚至狠狠甩开了她牵住我的手，尖着嗓子说她的手比石子儿还能硌疼人。

　　长大后的某些日子，想起那个满脸嫌弃的小小的我，愧疚在心里长成了外婆手掌里那些带尖头的茧子，时不时地来刺我一下。外婆从来劳苦，种地、养猪、砍柴、割猪草、去岩礁上敲捡螺类……她手背上的那条疤痕就是割猪草时不小心被镰刀划的。母亲说，外婆是劳碌命，从前生活艰苦，要拉扯大六个孩子，她起早贪黑地干活。后来孩子逐渐长大，生活条件也好转了，但她闲不住，不但要侍弄屋子前后的地和山上的自留地，还把人家荒废的田也利用起来，种上各色蔬果。丰收之时，一担一担地挑往儿女家、亲戚家。

　　尤其那片咸地，为滩涂的前身，它先经海水浸润、冲刷，又承风霜雨露许久，地成了宝地，外婆年年在那里种香瓜，瓜那个香甜呵，甜汁全渗进了记忆里，贪馋的心惦念经年。

　　那会儿，我常跟着外婆去咸地。外婆起的垄笔直，一排一排并列而坐，像绳子拉过了般。她直起身，一手拄锄头，一手握成拳头，反手伸到背后，敲鼓似地轻捶腰部，搭在脖子上的毛巾跟着一抖一抖。抓起那块蓝白相间的毛巾，快速抹掉脸上的汗，外婆把锄头置于另一边的地头，让它离我远远的，怕我贪玩触摸。而后蹲下，她开始挖穴、植入瓜苗，每穴种两株，从这头慢慢移到那头，又从另一排土行起头，再慢慢移过来。

　　瓜是突然冒出来的，初萌于藤蔓间，看着怯生生，其实无敌坚韧，风一吹就能长个儿，气球似的，一个劲儿地膨胀。我学着大人的样，用拇指和中指弹一弹，有时候咚咚咚，有时候嘭嘭嘭，外婆说声音"闷"一点的是熟瓜。外婆很自信地摘下一个，在河里洗净，一拳头砸开，肉白瓤黄，甜汁携几粒金黄的籽儿向外叛逃，从外婆手指缝间流下。我这才留意到外婆的手，右手手指缠了圈医用布胶带，左手背有一条细长的伤口，渗出了血丝，还微微肿着，应该是新添的，我不禁伸出手，问外婆疼不疼，刚想轻抚下她的手，外婆摇头微笑，说没事儿，一点都不疼，让我赶紧接着瓜。于是，我的注意力就转移至那两块形状不规则的瓜上，接过来一口下去，瞬间被浓郁的香和甜震住，便将外婆手上的伤忘在了一边。

我渐渐长大，上小学了，上初中了，待在外婆家的日子从多到少又到无。有好些年，一到香瓜成熟时，外婆必大清早摘下，即刻送来。我总会想起那个弥漫着瓜香和泥巴香的夏日清晨。外婆挑着一担香瓜步行五公里的山间小道到我家时，我还睡得迷迷糊糊，听见说话声，便强打精神下床了。阳光正薄薄地笼上院子，外婆站在院子中央，斜襟短袖衫的背部被汗水濡湿了好大一块，她脚边是两筐我最喜欢吃的青皮香瓜，驼了背的扁担斜靠在冬青树上。见到我，外婆抓起搭在脖子上的蓝白条毛巾随意抹了把脸，俯身抓起两个瓜走向我，她的双手沾满了新鲜的泥巴。我欲牵住外婆去洗手，家里刚装了自来水，我要向外婆显摆下怎么用自来水。但外婆马上躲开了，怕她的手弄脏我，说去河里洗一下就好了。那时候，她还不老，扭身、跨步稳当且敏捷。

外婆慢慢老去，依然忙进忙出，脚步稳健，思路清晰，大家都以为她挺健康的。直到她第一次病倒，大口大口地吐血，很突然，之前没什么征兆，医生说外婆得了肝硬化，颇为严重。

我赶到医院时，外婆躺在病床上一动不动，病床上方挂起各种瓶子袋子，几根管子冷冰冰地垂下来，与她的身体相连接。外婆眼睛紧闭，在灰白的脸上形成两个浅褐色的凹陷，插在鼻孔的氧气管发出轻微的滋滋声，像某种不可破解的暗语。我木愣愣地坐在一旁，不知道该做什么。白色被单，白色的墙，四周安静得令人压抑，虽然开了暖空调，我还是打了好几个寒战。小姨坐在床边，握着外婆的一只手，应该不叫握，是轻轻牵着。外婆的手干瘪皱缩得像被抽掉了所有的脂肪和血液，枯蘖朽株般耷拉着。小姨保持这个姿势已经很久了，我示意她去躺一会，我来牵着外婆的手。小姨摇头，压低声音，说换了别人，外婆会不适应。几个儿女里，数小姨跟外婆最亲近了，外婆对小姨的依赖大家都知道。我只好继续呆坐，定定地看着管子里的血液像一条细长的红色小蛇游进外婆的身体，这种与生命、希望、热情等词汇相关联的液体既令人恐惧又觉得亲切。

按母亲的说法，外婆得以顽强地闯过鬼门关，那是菩萨保佑。不过，儿女们再也不准她下地干活了，轮流看着她。动了一次大手术，病根依然在，万一脚力不健摔倒在田里或掉进田边的小河，后果不堪设想。在田里操劳了一辈子的外婆不甘心也不开心，在屋子里走来走去，嘀嘀咕咕地抗议，又从某个角落里摸出锄头、耙头等翻来覆去地看，边看边叹气。最终，双方都退了一步，外婆可以在院子没浇筑水泥的地方种一点菜，当然，儿女们是不会让她劳累的，这不过是给外婆解解瘾的。

母亲那次打来电话，不知怎的，突然说起了外婆的手。她说，你外婆的手啊变得滑滑的了，还白了许多，年轻时她的手都没有那么好看过。顿了下，母亲又说，你外婆有几个月没下田种地没干粗重的活了，她的手从来没这样休假过，这场病让她享了福了……然后，她沉默了，我也在这头沉默，鼻子有点酸。

过年回老家看望外婆，问候过后却不知道该说什么了，我有点无措。外婆是个话很少的人，以前只知道闷头干活，大病一场后，她多数时间都坐在藤椅上晒太阳、打瞌睡，整个人轻飘飘的，好像随时会从藤椅上浮起来。她把灰白的脑袋歪向一边，眼睛似眯非眯，双手拙笨地搭在大腿上，微微打着战。岁月、病痛和过度的操劳耗损了外婆的身体，抽光了外婆的精神气。小姨摸摸外婆的手，问她冷不冷、需不需要挪地方之类，外婆最不喜欢麻烦别人，她一般都回答：不用，这样挺好。小姨便把她的凳子挪到外婆身旁，一只手覆盖住外婆搭在腿上的手，另一只手用来嗑瓜子，两个人极少说话，却很有默契的样子。我也好想挪过去，静静地牵住外婆的手，哪怕就一会。可念头在脑子里回旋了很多遍，我的手却始终没有伸出去。我是个内敛、羞怯的人，很多时候，就算内心的情感如浪潮翻腾，也极少会在言语和行动上表现出来，我怕难为情，也怕别人不适应。

似乎是注定的劫，外婆为了赶一只在门口转悠的野猫，跌倒在地，导致髋部骨折。医生说，外婆有肝病不宜做手术，只能保守治疗。外婆连坐都不能了，整日整夜地躺在床上，挪动身体或翻身都要忍受骨折部位带来的剧烈疼痛。而抽腹水也不可中断，且频率越来越高了。病魔像在她的腹部装了个注水机，源源不断地注进水去，肚子动不动就鼓胀如球。

我再一次急惶惶地越过跨海大桥，赶往那个熟悉的住院部。

那里空气冰冷，气氛肃然，走廊里稍微急促点的脚步声都能令人心悸。外婆知道我在了，有点激动，她嘟嘟囔囔地埋怨我一通，说她没事，不用去看她，浪费路费又耗费精力。她只能躺着说话，声音仿佛是从肺部挤出来的，单薄地浮在空气里。说乏了，她便睡。我和母亲、小姨她们默默相对，基本没说话，一是怕说话声吵醒外婆，二怕一开口就不得不面对大家一直有心理准备却不愿意触及的话题。外婆间或有咳嗽或呻吟，醒醒睡睡，白色被子下的她如婴儿般恣意、柔弱。

时间在静默中流逝得迟缓而凝重。外婆醒转，吃了三颗葡萄，看上去气色蛮好，我悬着的心悄悄落回了原处。

外婆隔一段时间便要上市里的医院抽腹水，每次从我所在的小城过去看她，一般都是她住院时。她努力表现出精神不错的样子，并伸出手缓缓地摆动，有时是左手，有时是右手，有时两只手一起，像在风中颤抖的枯枝。她的意思是让我们放心，她那是老毛病了，不用担心，跑来跑去多麻烦。

现在想来，那次的告别有着很不一般的预兆。我已经下定决心要牵外婆的手了，奇怪的是，在我还未伸出手之前，躺在病床上的外婆似乎已感知了，她长满了灰褐色斑点的手从被单上尽力伸过来，手指张开，像要抓住什么。我确定她不是在摆手，摆手是手掌抬起左右摇动，她的手几乎跟被单是平行的，她肯定是想拉住我的手。我特别特别后悔没有早一步行动，那几个医生突然冲进来，不由分说把我拽至一边，帘子呼啦啦全部拉下，说是做检查的时间到了。懵怔过后，我隔着帘子喊："外婆，我得回去了，下次再来看您。"外婆回答了好几个"哎"。我当时想着，过些日子再去时，我一定要牵过外婆的手，给她剪剪指甲，数数她手背上的斑点，再给她抹点百雀羚。

自从外婆查出肝病，这样的有惊无险已经好几次了，我被有惊无险麻痹了，天真地以为外婆每次都能挺过来。

可老天终究用最严酷粗暴的方式惩罚了我，他睥睨而向，宣示于我：曾经给了你那么多机会，你都丢在一旁，那好吧，你再也没有机会了。

回老家，送外婆最后一程。大家坐在铺了稻草的地上为外婆守灵，气氛并不哀伤，外婆八十六高龄亡故，且病后儿女们也算伺候得尽心，人们纷纷说外婆是有福气之人。我点头附和着他们，和他们有的没的地说着话，那双再也牵不到的手，那个优柔羞怯的自己，我尽量不去想及，不去责怪，但那片沉坠坠的乌云，悬于心上的乌云，还是不管不顾地化成了一场大雨。

遗憾无处弥补。所以，不容易消弭。

裁云记

深色布料上,划粉的痕迹甚为显目,有的如丘陵,起伏小,坡度缓,从从容容延伸;有的似河流,或蜿蜒或平直,偶尔一个急转弯,形成"凹岸"和"凸岸";有的虚线实线并进,突然出现一个弧形,像海浪绵延、翻滚;还有个别处画成山峰状,有危峰兀立之感。大剪刀循着划痕游走,"咔嚓咔嚓",顺风行船般轻松、爽性,剪刀与布分离的最后一下尤其果断,仿佛经验老到的船长靠岸,快、稳、准,让人信服。

放下剪刀,她把裁好的布料卷起,用细布条一系,推至案板一边。旁边等候的两个女人立马迎上去,喜悦中透着点恭敬。她们手里各执一块布料,细说想要的款式,并用手比画加以强化,当然还得咨询裁缝师傅的意见。她不时点头,说话简短、平和,口气里有不容置疑的笃定,随后,扯下挂在脖子上的皮尺,往来人身上左一比,右一拉,嘴里轻念,很快,皮尺又回到了脖子上,她靠于案板边,拿笔在纸上划了两下,说好几天后拿衣服,便让人走了。至于纸上的"密码",似数字似符号,恐怕只有她自己能看懂,旁人可破解不了。

她是母亲最小的姑姑,我叫小姑婆。小姑婆年轻时进入岛上的裁缝组,一直工作到裁缝组解散,她的好手艺名声在外,就算并未正式开裁缝店,安安心心待家里,也总有很多人上门,说做衣服还得请老裁缝,信得过。这个"老"字,跟年龄无关,是对一门手艺活的肯定与褒奖。

因为那两件衣裳,我才知道自己有个小姑婆。母亲先后拿去两块布料,小碎花的确良和深粉色镶金丝格子薄呢,它们经小姑婆之手,变成了一条连衣裙一件小西装。连衣裙为时兴的泡泡袖,胸前三层褶皱花边温婉雅致,两侧各一条飘带,可以在腰后打个蝴蝶结,小西装的三粒扣子宛若红宝石,硕大亮泽,腰部略收,两个口袋接近隐形,手伸进去,没至腕部。作为上小学之前最满意的衣和裙,我完全相信,它们的美曾让当年的小女孩闪闪发光。

我感到惊讶,小姑婆并未给我量身,为何做的衣裙如此合身呢?母亲说,她这样的老裁缝大致瞧上一眼便知道尺寸了。小姑婆见过我,而我没注意到她,家族里不免有婚丧嫁娶之类的大事,亲属们难得聚得齐整,可我从来分不清谁是谁。不过此后,我认牢了小姑婆,利落的齐耳短发,五官清秀,瘦瘦高高。大舅结婚,她赶来一起做欢喜米团,我甚至觉得,米粉被她揉揉搓捏应该感到荣幸,那可是一双锻造美的手。

小姑婆手指长,骨节略大,右手大拇指和手心磨出了厚茧子,握住大剪刀裁衣料时,骨节曲起、泛白,手背的青筋一突一突,一路向前冲的气势简直有点儿豪迈。待缝起了盘扣,那双手像是缩小了两码,十根手指聚拢,集中对付裁得细长的布条。斜布条对折,密密缉线,牵拉翻正,她的手指柔软如面条,挑、勾、拼、穿、绕、卷,一根针引着线扯上扯下,飘忽不定,顶针泛起银色的光,宛若透过缝隙的细碎月光。

小姑婆就在家里的前厅做活,缝纫机摆右侧,左边案板上,物品收拾得清爽,一软一硬两把尺子,一大一小两把剪子,几块划粉,一个熨斗,碎布叠放于角落,案板之上吊了根杆子,挂上各种颜色的线。近看案板,像一张长满了麻子的脸,坑印东一个西一个,剪刀疾走间,小姑婆有时会顿一下,布面上留个窝,板上就可能是个坑。这样的停顿应该是特意作记号,便于缝制时处理。

常常,小姑婆倚于案板边,端着搪瓷杯慢悠悠喝水,眼睛却瞄向板上铺开的布料,布料上什么都没有,她却如看电影般入神。待她放下杯子,木尺子就压上了布料,划粉跟随尺子左突右进,她的身体前倾、侧转、俯躬,嘴巴紧抿,眉间似被什么胶住,绷得牢牢的,周围的动静丝毫影响不到她。方正的大块布料终被裁成数个布头,大小形状均不一,她托着腰,检阅部队般从案板这头踱到那头,神色舒缓下来,搪瓷杯又捧在了手里。

我猜想,做衣环节里,踩缝纫机大概算不用太费神的一种。拨一下右边小轮,小轮带动大轮转起,线轴飞旋如陀螺,"哒哒哒",两块疏隔的布头被密密麻麻的针脚缝合,从此过上了亲密无间的生活。小姑婆脚踩踏板,时快时慢,手按裁片,时急时缓,转弯、剪线、换边,手指像长了眼睛,眼看快要被针尖扎到,它们却倏地滑开了,顺滑得像溜冰。她手脚皆忙,仍舒眉展眼地跟旁边的人说笑，一个不注意，衣裤的雏形就出来了。

衣领部分颇考验裁缝的技术，微翘、软塌、不对称等问题时有出现。开裁缝店的碰到了对领子要求高的顾客，带着半成品登门求教于小姑婆，小姑婆拢了拢梳得纹丝不乱的短发，摊开半成品，张开手掌一量，重新修剪领子的裁片，一片平直，另一片略微皱缩，缝纫机响起，手指捏着裁片打转，自顾自地说缝纫工艺"容位"很重要，装袖子也是，要饱满，呈圆拱形才好，不然穿在身上瘪塌塌，不美观，没派头。那人紧盯小姑婆的手法，忙不迭应着。装上完美领子的衣服成了稀奇货，被拎起看，平铺看，近看，远看，重复多次，来人方满足地离开。

好些人想拜师，小姑婆均拒绝，嫌麻烦，却收了二姨为徒。二姨高中毕业后，有些迷茫，家里人合计了下，学裁缝吧，有门手艺傍身总是好的，再说，这不近水楼台嘛。外婆家离小姑婆家较远，起初，二姨来回跑，后来干脆住在小姑婆家了。报纸被二姨拿来练手，裁得奇形怪状，我瞧半天都没认出是衣服的哪个部位。过不久，二姨给我做了袖套和倒穿衣，以小姑婆用下的余料，后又做了娃娃领衬衫，像模像样的，小姑婆说二姨悟性好，学得快。

二姨出师后开了个裁缝店，就在我家隔壁，颇简单的一个小间，房租也不贵，靠街那面的墙上，用红色的漆写上"服装加工"四个大字。多数人做新衣裳不会轻易交给刚出道的裁缝，二姨接到的活，基本为修修改改之类，比如，裤子裁短、修边等。二姨倒没有多失落，想着能赚到钱就行，以后局面总会打开的，然小姑婆急了，这样下去，会让人家产生固定印象，以为这人只能做些边角活,二来,技艺也要生疏,所有的手艺活都得靠多做,熟才能生巧,才能创新。

小姑婆喝了几口水,捧着搪瓷杯定定地站在那里,忽然,她眉眼一动,给出了个建议。二姨按小姑婆的意思,把她做给大姨小姨等亲人的衣裙都收了去,包括我的小衬衫,一一熨烫后,通通挂到了裁缝店的墙上,空荡单调的铺子顿时有了点繁盛的迹象。这么做,既可展示实力,还给人以生意不错的感觉,从某种意义上说,生意好即代表手艺好。果然,上门的人多了起来,看看,摸摸,聊聊,这样的摸底、试探持续了好几天,接下来,陆陆续续地,人们开始抱着簇新的布料光顾生意了,二姨殷勤地量身、记录,略生涩,而那架势,颇像小姑婆。

二姨的生意日趋稳定,小姑婆也松了口气,但她对二姨的要求毫不放松。一件衣服一旦穿上身,等于全方位向世人展现裁缝的技艺,各种细节袒露无遗,细节考验技术,细节更体现匠心。一件男装的领子稍欠挺括,小姑婆叫住了打算熨烫的二姨,令其拆卸领子找原因,才发现选错了两层布料间的衬布,衬布面料的选用有讲究,跟它缝在什么部位有关。这个倒在明处,对于相对隐蔽的地方,小姑婆也绝不含糊。某些厚服装,在缝合之前,裁片与裁片的衔接处需用糨糊粘住,再以熨斗压紧,使其妥帖牢固,不易变形。二姨上糨糊时,稍显潦草,想着反正会被缝纫机密密缝上,此功夫可以少下点。小姑婆眉间皱起个小包,搪瓷杯往桌上重重一叩,口气一改往日的平和,迸出一句:口碑是靠自己挣出来的!

临近过年,再节俭的家庭都要添新衣,岛上的裁缝店进入一年中生意最红火的时节。门庭若市的场面，二姨应对起来略吃力，不过，兴奋是最好的助力剂，她将自己埋进剪剪缝缝的世界里，每每忙到大半夜。母亲心疼，捡些简单能上手的做做，以减轻她的工作量。

经验尚欠的二姨未能逃过忙中出错。一块黑白斜条纹布料，二姨小看了它细而密的纹路走向，裁剪时没重视，待其如纯色或其他花纹的布料，下手得利索，等整件外套缝好一瞧，傻眼了，衣襟左右两片条纹方向竟是相同的，有一种说不出来的别扭。同一天，二姨熨裤子，裤子上垫层湿棉布，加热得滚烫的铁熨斗压上去，发出"嗞"一声，她转身去拿其他做好的衣物，片刻之后却闻到了隐约的焦味，心想坏了，扑过去拎起熨斗，涤纶裤已经烫得变色变薄。二姨愁得抓头发，又不敢惊动小姑婆，决定赔偿道歉了事。

母亲忍不住告知了小姑婆，小姑婆急吼吼赶来，斥责二姨粗心，吃这碗饭得心手相应，心应该比缝纫线更细，落手才不至于出错，万一出了差池也要想尽办法补救，赔偿很简单，然一次赔偿，后患无穷，手艺人的名声很珍贵。

小姑婆陪着二姨转遍了岛上的供销社和布料店，终于找着想要的两种布料——与那外套裤子一模一样的布料，并非要重做，是补救，是修复。补救修复难在无章法可循，得对"症"下"药"，什么药，多少剂量，全凭裁缝灵活机动。小姑婆拆除了外套前襟和裤子的一个裤脚，木尺一比，划粉一画，剪刀如蚕啃食"沙沙"而过，扯来的新布料就变出了形状，两个裁片各自与外套、裤子组合，两件废品自此重生。

重新组装的衣和裤压根看不出补缀痕迹，就像历经了一次开肠破肚的大手术，却没留下一丁点疤痕。两位顾客欢欢喜喜地取走了外套和裤子，她们永远不会知道新装曾被"动过手脚"，更不会知道其背后惊心动魄的一幕。

上学后，见小姑婆的次数少了很多。我进入了新的天地，新鲜事一桩接一桩，像家里墙上的广播每天播报不同的节目，新奇、精彩，日子也仿佛装上了马达，一天天开得飞快，明明刚开学，一忽儿就期中考期末考了。暑假，寒假，过年，轮番到临。每年，母亲总会选好时间去小姑婆家，小姑婆清瘦的身影晃来晃去，拿零食，准备饭菜，短发依然齐崭崭的，安静地卧在脑后，只是一年比一年白了，岁月不管不顾地将许许多多的霜花戴在了她头上。

大多因为推脱不了，小姑婆的裁缝活隔三岔五地进行着。案板已暗沉如浸过酱油，上面的小坑愈加密集，缝纫机变得灰扑扑的，支起的机头没有了从前的气派，那把生锈的铁熨斗被扔在了角落，锃亮的电熨斗代替了它。小姑婆戴上了老花镜，身体倚在案板往前倾，动作稍显迟缓，握住大剪刀的手枯瘦粗糙，骨节更大，手背的青筋也更粗了。裁剪前后，她依然爱捧着搪瓷杯喝水，还是那只搪瓷杯，只是杯面掉了几处漆，斑斑驳驳的。

后来，日渐年老的小姑婆基本不做活了，除了偶尔给老姐妹缝制"过老衣"（在岛上，老人过世时穿的衣服称为过老衣），人生最后的行头，总得请好裁缝来做，谁都想体体面面地走。

然而，命运的指针冷酷一转，世间转瞬就平添了哀恸。那年，小姑婆唯一的儿子因脑出血猝然离世，年仅五十，小姑婆执意亲手做一套西服，让儿子穿走。年逾古稀的她收拾出搁置的裁缝机和案板，开始没日没夜地忙活，二姨想帮忙，被毅然回绝，只好在旁看着。小姑婆红着眼睛，神情木然，不说一句话，也不吃东西，手和脚却毫不停歇，她将自己变成了机器，一直开动，开动，开动……

手头一忙完，世界骤然安静，小姑婆终于捧着崭新的西服哭出来，她把脑袋埋下去，再埋下去，悲伤如洪水般淹没了她，淹没她佝偻的腰，颤抖的双肩，雪白的头发，灯光下，她的影子和缝纫机的叠在了一起，伶仃得让人心疼。

小姑婆亡故时八十有余，这个老裁缝穿上自己亲手做的过老衣，安详地睡着了。按岛上的风俗，给小姑婆带上谷袋米袋，以及纸做的灶、锅、碗盘、电视机等常规东西外，还特意加上了让人另外做的"缝纫机"。在那个世界里，小姑婆也定是出色的受人尊敬的裁缝师傅。

菊婆婆

关于外婆家的那部分记忆,竟牢牢焊上了麻皮阿婆的点滴,如同一出戏,她本不是主角,却偏偏在诸多片段里固执地闪现。这让我颇为讶异。

少时,我并不喜欢她。每次去外婆家,她必出现,就算进门时不在,过一会肯定来。她一来,就像到了自己家那般熟络、随意,走过来走过去,自顾自大声说话,偶尔夹杂轻佻的玩笑,手也没闲着,觉得顺眼或稀奇的物品总要翻动下,瓜子壳携着口水从她嘴里"噗噗噗"发射出来,慵懒地在半空翻个身,方翩然落地。终于,她注意到了一旁的我,那张坑坑洼洼的脸便凑了过来:"小囡又在啦!"她堆出了笑容,五官被牵扯得有点变形,麻子皱缩的皱缩,舒展的舒展,侵占了整个面孔,眉间那里,一做表情,攒集的麻子像块突起的伤疤。

当她的面,我叫阿婆,背后称麻皮阿婆,阿姨们则悄悄唤其"烂麻皮"。

某日,我在外面玩,突然下起了雪,无数雪粒子劈头盖脸地落下,砸得脸生疼,脑海里瞬间浮现麻皮阿婆那张脸,我的脸会不会已被砸出一个个洞，跟她一样了？遂捂住脸哭着进屋找镜子，知道原委后，二姨和小姨笑得东倒西歪。外婆说阿婆的麻皮是小时候出天花所致，患病时恰又听到邻家铲锅底灰，刺耳的摩擦声让本就难受的她奇痒无比，小孩子哪忍得了，又挠又抠的，就这么留下了瘢痕，成了麻皮。

麻皮阿婆家跟外婆家隔了一条不宽不窄的路，她从自家后门或前门出来都能绕进外婆家，当然，她也常常绕进别的人家。大概，她生活的重心就是串门，从这家到那家，村子里处处晃动着她的身影，邻人叫她"游山僧"（在岛上，游山僧指一天到晚不着家的在外游荡的人）。麻皮阿婆除了晚上睡觉，在家几乎待不住，仿佛那个家是牢笼，她得想方设法挣脱出来。每每，她在外婆家院子里东拉西扯到将近中午，外婆进屋做饭了，她也说回去做饭，然后我们刚坐下吃饭，她又来了，速度快到令阿姨们生疑：这是把饭菜生吃了吧？

村里人对麻皮阿婆的议论如终将而至的潮水，涌过一波又一波，也零零星星地落进我的耳朵里。大家说到她家里的脏乱程度，进不了门，没处落脚，桌子椅子一抹一把灰，灶台油到打滑，被子灰乎乎，一股子霉味，身为女人，不光懒得收拾自己，连洗澡也是难得的，老公好不容易出海回来，都不愿意往自家床上躺。做饭吃饭像旋风卷过，胡乱鼓捣一通，她对吃食不讲究，咋都能对付，菜往往炖一起，熟了就行。女儿嫌她做的菜难吃，有时，就把烧饭这活揽了，至于刷锅刷碗，女儿已承包多年，毕竟，麻皮阿婆洗的锅碗让人实在看不过眼。懒娘出勤因嘛，外婆如是说。麻皮阿婆的女儿跟小姨年龄相仿，两人也相处得来，但两个女孩的娘反差太大了,看看我外婆,温和、勤快,那么爱干净,小小的我甚至有点儿同情她的女儿。

当然,麻皮阿婆是听不到那些议论的,依她的性格,就算知道了大概率也不会太在意,最多来一句:"关你们屁事!"还会是嬉笑着出口的。她会依然故我,蓬着头,翘着衣领,到处溜达。有一次,小姨在饭桌上扔出一句,大意为:麻皮阿婆这样子不修边幅地早出晚归,不知道的还以为在外辛苦做工呢。大姨和二姨乐得差点捧不住饭碗。

冬日,阳光铺满了整个院子,石板、石磨、石臼均被涂上了一层暖色,外婆将我安置于墙角避风处,又往我手里塞了个小火熜和一袋爆米花,我直了直身,朝小姨眨眼睛,说麻皮阿婆又来了,未等小姨有所反应,麻皮阿婆的脑袋已经从院墙伸了出来。她过来了无数次,我已经能辨出其脚步声了,"噔噔噔",落地重而干脆,且每一步间隔时间极短,跟她说话时风风火火的样子挺搭。她一见我就嚷:"哟,小囡还在啊,看来你爸妈不要你喽。"我撅起嘴,别过了脸,她自顾自接下去,说我还是待在外婆家好,阿姨舅舅多,疼我的人就多。然后,她就跟一棵树似的,牢牢长在了外婆的院子里,她靠着墙,袖着手,缩着脖子,抖着腿,嘴里犹如装了机关枪,"吧嗒吧嗒"一通扫射。她跟谁都能说得上话,织网的大姨,打毛衣的舅妈,隔壁来借团箕的婶子,挑着柴路过的阿伯,她的声音干巴巴的,像久未上油的机器,转得"吱吱嘎嘎",但机器又很耐用,可以无休止运转。

聊得激动,再加阳光照射,麻皮阿婆脸上的麻子一粒粒透出红来，像一个个刚脱落痂的小疤，她不经意低头，瞥见了我手里的爆米花，估计说得累了，需要补充能量，她的右手闪电般伸了过来，抓了一把去，手指和指甲缝里的黑从我眼前一掠而过。我的视线顺着那把爆米花向上移,发现她的袖口竟泛着光，是污渍积聚及反复摩擦所致。她大口嚼着我的爆米花，腮帮子一鼓一鼓，仍不忘让嘴里挤出空间，以便舌头做伸展运动，只是吐出的字略嫌含糊，闷闷的，好似从密封罐里竭力钻出来的。我本就对麻皮阿婆印象不佳，那一刻更讨厌她了。

其实说起来，麻皮阿婆除了爱逗逗我，并未在我面前摆过脸色或讲过重话，甚至她的好些玩笑是包含着关心的，但我就是一直不怎么待见她。也许是她的麻子长得太密的缘故？总觉得麻皮阿婆的脸是绷着的，看起来严肃，不可亲，还有点不好惹，尽管大多数情况下，她的口吻都是轻松的，戏谑的。她好像没什么烦恼，如小溪里浮游的鱼儿，大大咧咧不拘无束，即便跟人吵嘴，也未见咬牙切齿地恶语相向，半真半假地轻飘飘带过，第二天相见，该咋样还咋样，主动打招呼的多半是她。她常挂在嘴边的一句话："我麻皮脸皮厚，心眼大，不跟人计较。"

平日里，麻皮阿婆老是一副不大庄重的样子，以致给人一种为人不靠谱的感觉，至少，我的几个阿姨都这么认为。对她看法的改观，缘于外公的五七。在岛上，人去世后，五七要办得颇隆重，成婚或订婚的女儿得挑担献礼，并宴请亲戚朋友，还有各种风俗礼节，总之，一系列操作繁复又琐碎。麻皮阿婆主动提出担任主持管理，阿姨们不放心，怀疑其能力，然外婆答应了下来，说不好辜负人家的一片热心。麻皮阿婆一上来就如劲风刮落叶，办事利落、迅速、有条理，且记性极好，东西分门别类，哪里放哪里取，人员如何分配及搭配，支出和收入记录等等，一桩桩一件件地安排明白。有两个来帮忙的人想趁机贪点便宜，被她当场教训了一顿，毫不留情面。这一激动，她的麻子又泛红了。

此后，四邻见了麻皮阿婆，老打趣她，说她有当领导的魄力，窝在这小村子里，白白浪费了人才，麻皮阿婆也不客气，嗑着瓜子抖起腿，应道："要不是这一脸麻皮，咋会沦落在这？你们能住我隔壁，那是福气。"大家哄笑起来，麻皮阿婆更加放肆地自夸了一通，脑袋左右摇晃，那乱蓬蓬的恐怕已然打结的头发颤动如风雨中的树叶。

吹牛归吹牛，麻皮阿婆继续过她那不大着调的生活，除了吃饭，白天的时间被她切割成任意几段，一段在阿花家，一段在赵姨家，还有一段在某某家……如此循环。她像一根韧性极强的线，还把几户原本不大走动的邻居串到了一起，从此，大家的乘凉、晒太阳、织网等都成了集体活动。之后，生活条件慢慢好了起来，村里的阿婆婶子们也都闲了下来，简直跟麻皮阿婆差不多闲，集体活动中便多了项搓麻将，以打发时间。自打上初中，我偶尔才去外婆家，方知麻皮阿婆已是村人眼中最好的麻将搭子，她搓麻将大度、爽气，输了不恼，牌风佳，不像有些老太婆，打输了，面色赤红者有之，拍桌子者有之，出言不逊者有之，把牌扔飞者亦有之，反正就是不大好看，失了风度，于是，麻皮阿婆便成了香饽饽，经常被抢来抢去。

麻皮阿婆跟村子里的其他阿婆一样，每个月总会挤出几天吃吃素念念经，然又跟其他阿婆不大一样，人家都是安安静静待自己家里念，她倒好，捧了个木质念佛盘，径直进了正搓麻将的那家，一坐一下午。她眼睛盯着牌桌，嘴里念念有词，大拇指和二拇指熟稔地拨起佛珠，捻着拨，一个又一个，佛串转了一圈又一圈。牌桌上的风云变幻，她都看在眼里，一局终了，牌友们若有争执或纯粹地讨论，她立马暂停念经，嘴和手同时息止，站起来积极参与进去，嗓门比谁都大。有人当面笑她，这一心二用的，太不诚心了，麻皮阿婆斜了那人一眼，拍拍胸脯："心善就灵，坏心肠的怎么念也没用。"

我是在多年后才知晓那件事的。一直以为麻皮阿婆就生了一儿一女，儿子很小就过继给了她姐姐，家里只有一个女儿，老公又经常出海，她才过得那么自在，整日里没心没肺的。然事实上，她有三个儿子，另外两个儿子死了，同时在海上遇难。那是岛上最惨烈最撕人心肺的海难，死了很多人，遇难时，麻皮阿婆的两个儿子都特别年轻，一个还不满二十岁。发生海难那年，我尚小，懵懂无知，但那段时间，常听到哀号，岛上的许多个角落似乎都有人在哭，大人们的脸上满是哀戚，连天也阴沉沉的，我依稀记得那种压抑悲伤的气氛，让人透不过气。

海难过后的好多年里，人们心照不宣地避而不谈，一开口，是伤口被活活撕裂的痛，那些丧生的人，是谁家的父亲、母亲、女儿、儿子、女婿、儿媳、孙子、侄女……那是长涂岛上的人心口永远的伤痛，再长的时间也无法愈合。所以，当年，一个孩子几乎不可能有获悉此类消息的途径。

成年的我回想昔时，有关麻皮阿婆的，均是她邋遢的模样，粗俗的言语，兴头兴脑地哪儿热闹凑哪儿，以及她到外婆家的频率之高，跟每天上班报到似的。尤其过年过节，外婆的四个女儿两个儿子带着各自的伴侣和孩子齐聚一堂，外婆把事先准备的好吃食全拿了出来，而后，满足地看着我们，一大家子的人围坐于屋子里，满屋子的语笑喧阗。每当这个时候，麻皮阿婆总会不合时宜地出现，嘴里说着"哎哟，全来了啊"便硬挤到了我们之间，一部分人只好讪讪应着，外婆连忙给她搬椅子。她大多不会安稳坐着，像个搞调查的，东看西问，对带去的礼品和外婆家的饭菜评头论足一番，若是少了谁，她也要刨根问底："咋没来呢？等一下会不会来？"

少时的我只顾着嫌弃她，从不曾细细留意她当时的表情，更不可能理解她的心情，在人丁兴旺的外婆家，她的眼底是否流露过羡慕和落寞？她老爱往外跑，是否因那个冷冷清清的家会让她原本已藏好的悲伤无限漫延，因而，需要借助外面的喧闹来淡化和转移？

某年，岛上来了次大台风，外婆的老屋损毁严重，小姨索性在自己家旁边租了房，把外婆接了去，好方便照看，这样一来，有好几年，我都没见到麻皮阿婆。听说她曾去看过外婆，感叹一帮老姐妹都分散了，日子过得不大像样了。

二十多岁时，我在岛上开了家店，售文具、礼品、发夹饰品等，店所在的路段不错，是去镇中心的必经之路。有一天，麻皮阿婆竟进了我的店，她依然唤我"小囡"，说要买个发夹固定住脑后的头发。许久未见，她添了很多白发，经一路风吹，前面的白发全部往后倒去，成了大背头，还挺有范儿，她的脸跟多年前变化不大，麻子还是那么多，但毫不显老，与其同龄的阿婆们已然萎蔫如晒干的苦瓜，而她，似乎天生具有一种精神气，那种"气"可以说是野生的蓬勃的蛮气，也可以说是活力。那一刻，我觉得麻皮阿婆莫名顺眼。

麻皮阿婆挑了一个黑色的大抓夹，将脑后松散的灰白的头发归拢起来，紧紧夹住，清清爽爽的。我目送她走出店门，走在街上，"噔噔噔"，她的脚步还是落地重而干脆，且每一步间隔时间极短，那个背影跟我记忆中的她重叠，又分开。那是我最后一次见到她。

后来的我离开了小岛，定居于别处，再听到麻皮阿婆的消息已是十余年之后了，八十多岁的她知晓自己得了绝症，晚期，她拒绝任何治疗，每天去老年协会打一场麻将，思路敏捷，出牌快速，输赢都开心，到哪都是最受欢迎的麻将搭子。

麻皮阿婆的名字里有个"菊"字，人到中年的我突然有些懊悔，一直以来，当面背后我都应该唤她"菊婆婆"的。

红

　　雨下得突然，试探着落下几滴，紧接着密集砸下，雨点连在一起，如一张大网挂于天地间。街上的人急慌慌奔进路边的莹莹家，到檐下便安定了。哗哗雨声中，躲雨者拉起了家常，你一句我一句，恣意谈笑。她就出现在这个时候，趿着拖鞋，深一脚浅一脚，怕踩到蚂蚁似的，慢得让人着急，终于笨拙地挪至了檐下，却悄悄退到墙边。湿透的红裙子皱巴巴的，紧贴她矮胖的身子，像一块烂布头裹着圆桶。她的头发和裙子不住往下滴水，不一会儿，地上就多了一摊水，从我这个方向看去，仿佛，她陷在一个很深的阴影里。

　　这是我第一次近距离见到她。

　　之后，隔三岔五听到人们议论她，说白长了那么大的脑袋，里头全是糨糊，身体也不正常，估计一直没发育。某个那日躲雨的人力证："对对，以前没注意，被雨浇透就明显了，胸部还是平的。"不知谁给她取了个外号——大头梅童，那是海里常见的一种鱼，憨乎乎的，恰似大头娃娃。闲着也是闲着，大家的舌头随意一伸一翻，每一粒喷溅的唾沫星子都为她出了力。不过，那些闲话似乎对她毫无影响，或者说，她的世界自动屏蔽了其他信息，至始至终，她都慢慢悠悠过着自己的日子，走路如踩棉花，缓而软，爱轻晃大脑袋，旁人看着吃力，她才不管，左一晃，右一晃，大模大样地晃。她的眼睛大且略凸，眼珠子呈褐色，上面总像蒙了一层东西，看什么都是淡的散的，以为在看你，也可能在看他，又好像谁都没看。两片厚嘴唇安安分分地叠着，大多不主动搭腔，若有人问她话，回答也短促，从唇间挤出来的每个字都又沉又干脆，如一块块石头落下，绝不拖泥带水。

有那么一回，几个女人碰一起，一人随口提及了她，这下好了，个个成了热心人，愁她的长相，愁她的智力，愁她以后嫁不出去，大概过于投入，竟没发现她已出现在旁，悄无声息地。而她神色如常，忽略掉那些僵住的脸和舌头，眼神越过眼前的一切，不知飘向了哪里。女人们自然聊不下去了，抬起屁股赧赧散去。

她名字里带个"红"，莹莹、大芬她们叫她阿红。阿红爱穿红色，她觉得红色是世上最好看的颜色，红裙子、红衬衫、红毛衣、红外套，连袖套和袜子都选红色。家里人透露，非红色的她好说歹说都不穿，要闹脾气，把衣服扔一边。有段时间，穿红衣裳的阿红经常从教导队那条路出来，远远地，一抹红色磨磨蹭蹭晃过来，我们便知道是她。她已习惯了往这个方向，习惯到莹莹家及附近，也习惯了跟所有聚于莹莹家玩闹的人相处，包括我。那次，她挺高兴，厚嘴唇难得持续开开合合，一次性进出了一连串字词，虽然有些语无伦次。大意为，她以前一直在王家道地，不晓得这边好玩，不然早就认识我们了，话毕，累着了似地喘口气，而后，脑袋大幅度一摆，后脑勺翘起的一簇短发随之跃动，像只振翅欲飞的燕子。

阿红比我大几岁，与她同龄的其他女孩，我都称姐姐，唯独对着她，我实在叫不出来。我跟着莹莹她们叫她阿红，或者，以"哎""喂"代替，她都认真应着。我刚认识阿红那会，她已上完了初中，大家心知肚明，一个笨笨的人，上学不过是混混日子，成绩可想而知。但阿红爱上学，她说学校里人多，热闹，比家里好。

曾听父母亲聊起她的家人，哥哥长得帅气，母亲年轻时算得上村里数一数二的美人，怎么到她这竟成这样了？长得一言难尽也罢了，还木头木脑，未来堪忧啊。人们怀疑阿红母亲对女儿不上心，理由是，阿红永远留"游泳头"（接近于男式短发），头发浓密、粗硬、乱蓬蓬的，一看就没好好打理，显得头更大。还有，衣服质量不咋地，要么起球要么有皱痕要么不大合身，倒是其母亲，打扮得时髦又体面。对此，莹莹妈不以为然，说阿红这样的，再精心拾掇又能如何？这些背地里的闲话，不过如屋外吹过的轻风，除了其时拂动过几片叶子，过后了无痕迹，说话者没有放在心上，更不会对阿红的境遇有丝毫改变。

幸好，阿红不懂这些，思维简单让活着也变得简单，简单可能更容易获得快乐。阿红只要有红衣裳穿，有零食吃，有人陪，她便晃起大脑袋，迈着粗短的腿，把自个儿挪过来挪过去，表情一贯略为僵呆，却是松弛的，无邪的，阳光洒下来，照得她的脸红红的，亮亮的。她若喜欢谁，会一点一点靠近人家，厚嘴唇轻抿，嘴角微翘，冷不防把零食塞到对方手里，劲儿还挺大。我也收到过阿红的糖果，惊讶到不知该怎么办，拿着，抑或还给她？之前母亲提醒过，阿红终归跟我们不大一样，与她在一起要注意，切忌和她争，尤其吃食，让着她点儿，她主动给的也不能要，因为她随时会反悔，她还是个小孩子。曾有人好事，逗阿红，拿走其吃了一半的大饼，此举彻底惹恼了阿红，她瞬间涨红了脸，嘴唇哆嗦着，上身前倾，不停地狠狠地跺脚，似要把石板给跺碎了，怎么也哄不好……想及此，捏着糖果的我有点发怵，偷偷观察阿红，她稍稍扬起下巴，褐色的眸子正郑重朝向我，同时，摊开手掌，示意我看其上那颗糖果，跟我的一模一样。我剥开糖纸，硬糖入口，是荔枝味的，很甜。隐隐的笑意从阿红嘴角漾开，随即，她缓缓转过身，给我一个矮墩墩的背影，她大约想表现得轻快点，无奈短腿和圆润的身子不配合，走起路来一颠一颠，有点儿滑稽。

　　好些时候，我们会有意或无意地忽略阿红，她喜欢扎进人堆，但不闹腾，甚至不大出声，我们做什么，她便做什么，像一个乖巧的小孩努力跟紧大人。我们玩折纸，折元宝、灯笼、船等，她也拿着纸煞有介事地折来折去，大多成了四不像。最后，我们的成品放在一起评比，她的被晾在一旁，可仿佛并不影响她的兴致，下一次，她照样热情地折出各种怪形状；我们抛沙包、抓麻将牌，一个一个轮着来，起初也让阿红参与，只是，她那肉乎乎的手实在不争气，沙包抛不高、牌抓不牢不说，往往沙包已掉在桌上，她的短手指还未碰到牌，于是，只能站边上看我们玩，她颇有耐心，总是从头看到尾；去一号码头看露天电影，拎竹椅，提马扎，一行人浩浩荡荡地出发，阿红在队伍里有些显眼，身体随着大脑袋左右摆动，两腿像被什么粘住了，迈得挺吃力。到达目的地，看电影的人黑压压一大片，大家忙着抢好位置，顾不上阿红，她倒淡定，干脆往最前面的地上一坐，抬起大脑袋，看得有滋有味。电影散场时，天已黑如锅底，我们意犹未尽，边兴奋地聊电影边往家赶，走了近一半的路，才想起了阿红，遂回头找。即便是夜里，我也一眼认出了那个缓慢移动的身影，见着我们，她激动地发出"啊呀啊呀"，声音沙沙的钝钝的，手臂慌忙前伸，身体随之勉力靠过来，差点摔了跟头。我们有些内疚，半天没吭声，阿红自顾自连说了几次"电影真好看"，仅此一句，她想不出更漂亮更复杂的表达。

　　阿红是真的爱看电影电视，这是我之后发现的。看电影机会少，看电视容易实现，场地一般选莹莹家或者我家，阿红家也有电视，但她总是巴巴地过来和我们挤一起。有一年暑假，电视里播放一部武侠剧，每天时间一到，我们就围在电视机前，阿红更是积极，每次都像模像样地坐在杌子上，左手托住脸，入定了一般。其他人觉得其样子可笑，时不时唤她，甚至轻轻推她，她从不回头，只扭动下身子做个回应，然后，继续保持原来的姿势。两集播完，我们埋怨这么快就完了，关了电视，很快散去，唯阿红还在原地，大脑袋歪一边，眼睛仍瞅着电视，叫她出来，她不动，喃喃自语，明天还有吧？明天还有吧？

　　那日，我们几个聊女孩间的事儿，阿红插不上嘴，倚在桌边，似听非听，一会儿剥剥指甲，一会儿挖挖鼻孔。突然，我的耳朵捕捉到了一个声音，低低的，闷闷的，不大连贯，但听得出来是一段旋律,且感觉熟悉,我立马想起,不就是那部武侠剧的主题歌嘛。这是阿红无意间哼出来的,她正勾着头,眼皮微垂,一缕头发粘在大脑门上,莫名有点可爱。

阿红知道,假期结束,我们就要上学了,便神情怅怅,厚嘴唇紧闭,闷头绕着桌子走,而一听每周都有礼拜天,还可以一起玩,她顿时咧开了嘴,露出宽宽的门牙。果真,每到礼拜天,阿红就会过来。莹莹妈说:"阿红平日看着呆笨,我看记性一点都不差,蛮可怜的,跟她差不多大的,人家嫌她,只能勉强跟你们这帮小东西混一起。"

我已经习惯每周见到阿红,那个红色的身影总会悠悠然拐进小道,奔我们而来。其实她来与不来,对我们的计划不会有任何影响。我们学习,她不会扰乱,我们玩耍,她未能增光添彩,亦不至于拖后腿,她从不提要求,只默默跟随。这样的阿红挺省心的,这样的日子像屋旁静静流淌的小河,舒缓、简淡,让人安心。

那个礼拜天发生的事,如同有人往小河扔了块大石头,"扑通",水花飞溅,打破了一向的平静。那户人家在莹莹家前一进,一口咬定阿红从她家写字台抽屉里偷了钱,我和莹莹当场懵怔,阿红确实跟在我们后头进过里间,那家女儿带的路,可阿红哪是这么眼疾手快的人啊,我不相信。她家如此肯定的依据是,阿红曾靠过写字台。女孩的母亲在院子里逼问阿红,阿红晃动着大脑袋,厚嘴唇嗫嚅着,终于吐出"没有偷"三个字,她一脸茫然,眼神不知该落在何处。那个女人不依不饶,声音尖利,边说"还敢抵赖",边一把拽过阿红,搜她的身。阿红吓得浑身颤抖,拼命跺脚,嘴里发出含糊的嘶吼,像某种动物惊恐的叫声。嘈杂声惊动了周边,阿红的母亲也得到了消息,跑来与那个女人对骂了一通。

阿红几乎是被她母亲拖着走的,鞋底与路面的摩擦声刺耳得令人心惊,她的脖子缩起,像圆咕隆咚的身子上直接安了个大脑袋,风吹起她红衣的一角,顷刻,消失在拐角处。

自后,阿红过来得少了,直至再未露面,不知是家人阻拦,还是她自己不想。阿红是否知晓自己的冤枉已经洗清?抽屉里的钱实为女人的儿子所偷。我没有找到机会问她。

我的身体内恍若有什么蹿动着,东鼓一下,西押一下,长大简直是一瞬间的事。我的世界越来越大了,要装下太多太多的东西,再无暇关注阿红,甚而,逐渐淡忘了她。有一天,我在街上遇见了阿红,她好像更矮了,穿着旧旧的红衣裳,短发依然乱蓬蓬的,犹如一个被丢弃的布娃娃。我朝她挥手,她歪着大脑袋看向我,眼神定定的,迟疑地迈出一小步,停顿了几秒,又默默收了回去,我唤她名字,她依然木愣愣,脸上涂抹了胶水般,五官紧绷,看不出神色变化。我有些失落,阿红多半不记得我了。

母亲安慰道,阿红挺长时间没见我,而我又长得快,变化大,估计一时没认出来。是啊,我和莹莹她们都长大了,跟阿红同龄的那批姐姐们更是如花盛放,一个个亭亭玉立,鲜亮如霞,享受着人生中最美好的时光,她们聪慧、自由、博识,被宠爱被倾慕被呵护,只有阿红,老天不知对她施了什么魔法,将她禁锢在时间的牢笼里,成为人们眼中例外的怪异的那一个。我突然很难过，为阿红，我找了个借口来稀释这种难过，阿红的心智和肉身已然被封存，或许，她不会老吧，起码比其他人不易老，也挺好。

我在成人世界里摸爬滚打，屡屡受伤的时候，偶尔会想起阿红，想起她那个只有吃和玩的世界，想起她所拥有的简单的快乐，我当然不能说那是一种幸运，只是有一刹那的异想天开，如果可以，在我最需要的时候，能不能借阿红的世界躲一下。

被无视了多年的阿红，再次引起集体关注和热议，缘于一次信口而出的说亲。我们村有个男的，父亲早逝，母亲聋哑，可谓家徒四壁，一直娶不上老婆，无论长相丑陋的，还是略有残疾的，均不愿嫁入他家。家族里的一位老人想到了阿红，试图去她家说亲，却被男的一口回绝。这事不知怎的，迅速传开了，有人说男的一根筋，阿红好歹家境还不错，而更多的人，把关注点落在了阿红身上，说：看看，连他都不要她，一秒都没考虑，这是有多看不上眼！也是，万一阿红生个孩子也跟她一样，不就惨了，哦，她可能连孩子都生不来，她爹妈也是命苦，摊上这么个女儿，没人要，只能做养老囡喽，她家以后的日子只怕是难了……如此种种，甚嚣尘上。

阿红的名字及其父母的名字被人们的舌头搅拌，在空气里翻滚，反反复复，同情者有之，忧虑者有之，看好戏者亦有之，但阿红可能根本不知道这个事，据说，阿红"最红"的那几天，她都在海滩上捡鹅卵石。

后来，阿红全家搬离了小岛，住进了市里的房子，没过多久，我也在另一个城市安家落户。

时间挟裹着庸碌忙乱的日常滚滚而去，若干记忆碎片从它的缝隙间渐渐漏落，我的生活重心几度转移、置换，日复一日，兜兜转转，精力终究都付于经营人生与家庭了。当母亲在电话那头提起阿红，我有些懵怔，这个名字带着某种奇异的气息，从遥远的时光深处飘来，让人有恍若隔世之感。母亲并非特意来告知，她把阿红的事放在讲完正事之后——"阿红被车撞了，情况不大好"，马上接下去说，"市里跟岛上可不一样，车辆那么多，她这么个木木的慢慢腾腾的人，在街上乱晃，难免出事。"我半晌说不出话，心里沉沉的，挂电话前，念叨了数遍，她会好起来的，会好起来的。

那晚，我梦见了一个穿红衣裳的女孩，晃着大脑袋，以蜗牛般的奇慢速度行进，她始终背对着我，一点一点向前挪动。那条路窄而长，以为她要走很久，一眨眼，路上却没了人，半空中，一抹红影掠过，如芳红飘飞，倏忽不见。我猛然惊醒，月光正从窗帘一角洒进来，凉如霜。

曦 光

∨
∨

西姨是我们那一带起得最早的人。她家的窗如报时的钟，一透出昏黄的光，便预示着黑夜即将退场。少顷，窗变暗，那点光转移到了电筒上，电筒在西姨手里，她关了门走上村道，电筒发出的光像只乒乓球，在土路上弹来跳去。数分钟后左拐，到达硬门口，路对面凹进处，一间小屋影影绰绰，形状有点怪，像有乱草随意长在了顶上和墙上——夜色也没能掩住它的粗陋。那是西姨的早餐店。

早餐店是从西姨父母居住的平房搭出来的，垒砖，顶上铺雨毛毡，盖上瓦片，即成。没有窗，门正对着大路，可能缺了点水泥，有一块地方，红色的砖裸露着，不知道的还以为被哪个捣蛋鬼挖掉了。西姨的母亲常在屋顶晒鱼鲞、番薯片、稻草，在外墙挂衣物、拖把等，整个小屋全无"卖早点"之类的字样，若不是门口那两只大柴油桶，恐怕，谁也想不到这是个早餐店，然岛上有很多人都知晓它，他们的舌和胃乖乖臣服于西姨的手艺，而后自动给起了店名，就是在早餐店这三个字前加上西姨的名，直接明了。

借着电筒的光,西姨开了店门,拉亮了灯。木门的"吱嘎"声唤醒了附近的其他声音,狗叫声、鸡鸣声、碶门下的水流声、隐约的咳嗽声和脚步声……稀稀落落。西姨置身一堆的缸、盆、罐、瓶中,不疾不徐地倒出面粉、加水、混入面种子、和面,她那双大而厚实的手掌摆弄起面团来得心应手,在架好的长方形木板上揉、捏、扯、拍,各种早点的雏形初现。

西姨的父亲和母亲随之起来,帮忙生炉子、搬蒸笼、烧水,门口的两只柴油桶因腹内煤球煤块的燃烧而变得炽热。天渐亮,包子蒸着,大饼烙着,周围的声音越来越稠密,像浓雾四处弥散,占满了整个村庄。西姨个子高且骨架略大,站在大柴油桶前气势不输,待油热,放入油条胚糖糕胚,"嗤嗤"声响起,细小的泡泡热情地拥围着它们,好似要勉力将其托起。西姨用一双长筷子拨拨这个,翻翻那个,她看一眼便知已炸至何程度。油条和糖糕捞起后,通通装进小竹筐里。

香气这东西实在狡猾,它不只在空气里蹦跶,一缕不落地萦绕着人,还拼命往人家鼻孔里钻,于是,上学的、出工的、赶轮船的、路过的、在自家院里踱步的……都不由自主地走向了西姨的早餐店。这个时候的西姨,笑意如涟漪漾开在沾了面粉的脸上,略微发紫的厚嘴唇弯成了两头尖的月牙形,她不大善于说话,但在忙不迭收钱收粮票的过程中,也会跟老顾客唠上一两句,只是永远是那两句,最多换一下称呼。幸好,她是凭手艺吃饭的人,她的大饼、麻球、油条、豆沙包、肉包会替她招揽生意,会替她留住一批又一批的客人。

自我记事起,西姨的早餐店就在了,它像个淳朴又忠实的朋友，执着地守候在那。我们这个村叫中段村，意即位于整个岛的中部，而碶门口又算得上中段村最宽阔热闹的地段，更是住岛西边的人去东边的必经之路，西姨的早餐店自然是在地理位置上占了利的，大家说那一带是风水宝地，聚财。每天早上七点到九点，早餐店周边停了自行车、木头手推车、三轮车，箩筐、篾篮、扁担等搁置于地，它们的主人都去排队买早餐了，这大概是碶门口唯一的拥堵时刻。有人眼红她的生意，也曾在旁边开过一家，后经众人的味蕾鉴证，其早点口味远远不如西姨的，草草收场在意料之中。自此，宝地之说淡去，西姨的手艺被人们着重提及，甚至还带出了西姨父亲在新中国成立前就开过大饼店的旧事，就为说明她做面点的技艺来自家传，理当不一般。

对于我和弟弟而言，西姨早餐店的包子大饼油条多少有点高不可攀。母亲节俭，早饭都自己做，汤饭配糟鱼、豆腐、咸菜，当时，油条、糖糕、麻球、豆沙包等价格均为三分钱再加半两粮票，不贵，然母亲认为这笔支出没有必要，所以，在我家，买早点属于偶发事件。在这样的前提下，我们当然颇珍惜每一次去西姨店里消费的机会，手里紧紧攥着钱和粮票，兴冲冲到达碶门口，视线掠过晃动的人影，直至瞄到西姨的身影方安心。弟弟不管不顾地挤到西姨身旁，朝笼屉或竹筐一指，西姨捏起一只黄色纸袋，张开袋口，右手以竹夹子夹早点，装进纸袋后，弯下腰交给弟弟，好似还嘱咐了一句什么。弟弟接过纸袋，向我奔来。

离开前，我转过头，又望了眼正忙碌的西姨，她系了条灰扑扑的围裙，一缕头发从那顶褪了色的帽子边沿钻了出来，往外翘着，看上去有点滑稽。西姨才不在意这些，她麻利地将炸得金黄的油条一根一根夹起，顺带跟顾客点头，示意其将钱搁于旁边就行。我喜欢她那种架势，从容、自信，很容易就跟村里的其他婶子阿姨们区分开来。

有时，西姨会拿面种子回家，她要给两个儿子做肉包，儿子们正长身体，每人一口气能吃下十来个肉包。揉面，剁肉馅，上蒸笼，起灶，肉包的香味从窗从门从各种缝隙里飘出来，能把人的魂儿勾走，惹得邻家的小孩们猛咽口水。西姨端出一盘分享于邻人，主妇们略感不安：若老是吃人家的，总是不像样的。于是，母亲动了自己做包子的心思，但发酵是个大问题，若不顺利就白白浪费了面粉。西姨得知后，爽气地从店里拿了面种子给母亲，有了西姨的面种子，那等于是有了包子能做成功的保证。母亲不只做肉包，还有辣菜包、豆腐包、芝麻包，我和弟弟可算是解馋了。

西姨是邻居里最独特的。女人们聚一起织网、打毛衣，顺便道东家长西家短，她从不参与；夏日的夜晚，大伙摇着蒲扇乘凉、看露天电视，她极少露面，早早就睡了；她不爱打扮，永远一头利落的短发，穿衣朴素，还常常围裙加身；她也不喜欢串门，不介入各种是非纠纷，就算有人找她诉说或评理，她挂着温和的笑容认真倾听，偶尔开启厚嘴唇，缓缓吐出一句，像屋檐下的冰凌好不容易融了一丁点儿后，落下的一两滴水。这样的她，反倒平添了一种淡然的气质。

西姨经常在自家院子里捏煤球。早餐店费煤，每过几天，她就用手推车去拉回一些，碎掉的煤块煤球扫在一起，等存得差不多，就用畚箕挑回家。地上铺几个编织袋，四个角压砖头，碎煤倒进铅桶，加水搅拌，西姨蹲在地上，从铅桶里挖出一小块，在手掌里揉搓，就像她揉面团一样，搓圆了，就放在编织袋上。每搓好一个，西姨会将手掌伸得稍远，略作端详再放下。搓好的煤球如一个个黑色的包子，排列得齐整，艳阳下，有细碎的光闪耀。西姨垂着一双黑乎乎的手，站在边上看了会，脸上浮起浅浅的笑意。之后，我多次忆及那个画面，莫名觉得有诗意。西姨那会在想什么呢？可能想到了自己做的包子,这些"黑包子"一燃烧就能蒸熟那些白包子了。

过了几年，除了早餐店门口一只柴油桶依然烧煤球外，店里和家里都用上了煤气，西姨也就不再捏煤球了。

煤气省事，却差点酿成大祸。那天下午两点左右，附近的人都听到了一声巨响，直震得玻璃窗发抖，遂纷纷出家门打探，确定爆炸声出自西姨的早餐店。西姨已经从里面逃了出来，她的手、腿和脸均有伤，人们把她扶上手推车，送到了医院。现场一片狼藉，碎碗破盆，熏得乌黑的木板和塑料桶，滚了一地的包子，塌了一小半的砖头墙……大伙七嘴八舌聊开了，猜测西姨可能累迷糊了，导致操作不当，这个时间，本是午休的。那几日，旁边的海运公司有工人干活，体力活，容易饿，在她看来，这就是商机，便在下午开工做包子了。

所幸，西姨无大碍，她不让家人告知出海在外的丈夫，海员回航时间不固定，家里若非发生特别重大的事情，她都选择自个儿扛下，省得丈夫分心。出事后的第二日，西姨跛着一只脚出现在早餐店，右手包了纱布，脸上那块伤红且肿，她站在那看了一会儿便离开了。午后，来了几个人，女的帮着将店里的东西搬至店后的西姨父母屋里，男的"砰砰砰"敲墙拆砖，人们方知，西姨索性要把小店推倒了，重新建。

没了西姨的早餐店，清晨那熟悉的声响、香味、热闹均随之消失了，大家颇不习惯，有事没事就去看看施工进度，大概还暗自庆幸这种情况只是暂时的。西姨穿了一身劳动布衣裤亲自监工，有时也参与拌水泥、递砖之类的活，人们跟她开玩笑，说："把店搞豪华了，早点是不是要贵啦？那可就买不起喽！"西姨连连摆动那双厚实的大手，表示只要原材料不涨价，早点就不涨一分钱。她重复了一遍作为强调，声音略微提高了点，脸上像打了红润润的光。

很快，西姨拥有了一个崭新的早餐店，墙壁雪白，西侧开窗，装了卷帘门，更新了店里的不少设备，连店主自己也焕然一新，穿上了白色工作服，戴了白色工作帽，只是依然不挂店名，西姨有自己的想法，说都是老顾客，跟串门一样，想来就来了，搞个牌子反而累赘。

新店就是一处新风景，在碶门口，白墙黛瓦的小屋看过去尤其显眼，而穿一身白色的西姨往那一站，给人一种亲切中透着庄重的感觉。新上加新，西姨还适时推出了新品——薄皮馄饨和油墩子，两种新品用白色粉笔写在一块小黑板上，每天一开门，把小黑板先挂出来。粉笔字出自西姨之手，一横一竖都甚为生硬，像刚上学的孩子所写，但谁会计较她的字写得怎样呢？大伙关注的是新品的味道。

西姨也没料到，她略作改良的油墩子竟会火遍全岛，很多人慕名而至，有的就想看看这道美味是如何产生的，西姨说着"难为情，其实很简单"，然后大方地向大家展示了做油墩子的过程。不锈钢盆里，面糊调得稀稀的，撒入葱花，拌匀，舀一勺面糊倒进已入油锅的笊篱，用筷子夹起若干白萝卜丝加入，再薄薄铺上一层白嫩嫩的毛虾，最后以一勺面糊封上。油煎一小会儿，圆墩墩亮黄黄的小饼就出锅了，鲜香无比，旁边的人没一个把持得住的，心甘情愿掏钱为拱动的馋虫买单。有心人记下西姨制油墩子的步骤，备齐了食材，可出来的味道令其瞬间失去了信心。人们说，西姨做点心都是有秘方的，此话传到了西姨耳朵里，她轻轻摇头，咧着嘴乐了老半天。

原本，西姨觉得，早餐店嘛，还得以包子和大饼油条为主，油墩子每周做三次就好。然而食客们对油墩子的狂热令她不得不做了调整——改为一周五次，再加每天下午三点后也营业，下午只做油墩子和肉包。西姨忙得脚不沾地，有人形容她走路跟一支箭似的，"嗖"一下就过去了。

终于，西姨收徒弟了，一名年轻女子，据说是西姨家拐了好几道弯的亲戚。起先，女子只参与揉面、蒸包子等"粗活"，过不久，便可以胜任大部分的工作了，西姨都忍不住夸她伶俐。早餐店里，两个穿白色工作服的女人不停忙活着，一个高，一个矮，一个沉稳寡言，一个活泼嘴甜，两人一会并排，一会相背，一会一前一后，一左一右，一会又一里一外，她们埋头干活，偶尔用一个眼神或极短的话语交流，默契十足。因为她们，碶门口的清晨充满了热腾腾的烟火之气。

那会也是西姨早餐店的鼎盛期。油墩子和肉包经常被某些团体预定，比如学校的老师、船上的渔民、工地上的工人，他们派出的代表骑着自行车过来，车上挂个筐或篮，用来装点心。油墩子躺进纸袋里，纸逐渐被油浸润，变得透明，自行车载着它们一路飘香，那真是最好的广告。

随着小岛东部成为经济、政治、文化的集中地，人口开始逐步向东边的镇中心迁移，中段村未来的冷僻基本预料得到，有人建议西姨也去镇中心占个位，以留后路，西姨不为所动，她淡定地守着碶门口那方寸之所，守着无数个清晨的轮回。

若干年后，越来越多的年轻人搬离了小岛，年老的一个个故去，小岛真正变成了一块被放逐的土地。西姨的早餐店依然坚守着，一眼望去，显得凋敝、矮小，时光在墙壁上刻下了斑驳的印记。跟开店之初一样，西姨独自操持，她的一头乌丝已染了霜，而手艺如故，门前，过往的人零零落落，老顾客上门，会与她闲聊几句。更多时候，西姨系一条素净的围裙，倚在门前，早晨的阳光透过薄雾悠然洒下，西姨和她的早餐店浸浴在柔光里，淡淡的，茸茸的，恍若珍藏了许多温暖的往事。

芙蓉花下的微笑

∨
∨

那一年，教室前面的芙蓉花开得特别好，碗口大的粉色花朵一鼓作气从宽大的叶子间冒出头，东一朵，西一朵，高一朵，低一朵，肆无忌惮地绽放。陈老师出现在芙蓉树下，她微弓着腰，一手握住三轮自行轮椅的方向盘，一手按在扶手上，手忙脚乱地挪动。阳光从枝叶间漏进来，细细碎碎地跳落在她身上，忽左忽右，忽上忽下。停妥后，陈老师后退几步，又看了看，确定轮椅已最大限度地遮阴，才转过身往教室走来。

我急忙把紧贴着教室玻璃窗的小脸转回来，佯装读课文。待陈老师瘦小的身影一挨近门口，教室里便肃静一片了。

新学期刚开始，就听说我们四年级新来的班主任很严厉，经过一阵子的验证，大伙心里有数了：传言不虚。陈老师对学习态度和课堂纪律尤其重视，班里有几个调皮捣蛋的男生，自己不好好上课还影响其他同学，陈老师暗示无果后，白皙的圆脸如滴进了红色水墨，且以最快的速度洇开，顷刻，整张脸就红得均匀，红得令人生畏。她把教棒挥得"呼呼"响，最后"砰"一声落在讲台上，眼睛探照灯似的来回扫射，并配以威严的警告词。台下的我们绷紧神经，静气屏息，我甚至用强大的意志力把咳嗽都给生生压了下去。等陈老师的脸色由红色渐渐转回白色，她两手撑在讲台上，肩膀微微耸起，给我们说道理，这个时候，她的声音是平缓的柔和的，我们听着听着，在座位上稍稍地松垮放恣起来，心里都明白，最"危险"的时刻已经过去了。

娇小的陈老师有一种莫名的强大气势，用不了几个回合，班里的"刺头生"已被彻底收服。同学们都怕她，说她凶巴巴，不和蔼不温柔，但我的眼睛录下了陈老师另外的样子。他们不知道，有好几次，我从窗子瞧见，芙蓉花下，陈老师耐心地调整我轮椅的位置，让它免受太阳直射，又严肃劝离那些个热衷于把轮椅当玩具的学生。还有，某一回发作业本，她特意凑近我，摸了下我的脑袋，说："你呀，眼睛亮晶晶的，肯定很聪明！"我傻愣愣地看着陈老师，她眼里柔柔的光让人莫名心安。

我的心底滋长出某种说不清的幸福感，似乎是因为发现陈老师比较偏爱我，也似乎是觉得自己与其他同学相比，对陈老师更了解些，和陈老师更亲近些。

我的上进心大概被陈老师的那句话给激发了，从此对学习上了心，进步很明显。有一天，同桌的妈妈突然来学校，她倚在教室的门上，跟陈老师说起儿子的成绩，显得很焦虑，她请求陈老师给她儿子安排一个成绩好的同桌。未曾想，陈老师立马转过身，指向我："你家×××的同桌是我们班上成绩最好的虞燕。"而后，迈着笃定的脚步向我走来。她自豪地向同桌妈妈介绍了我，是的，我在她的语气和神情里感觉出了"自豪"两字。

"成绩最好的虞燕"——我一直都觉得这几个字具有金属的质地，它们在空气中发生碰撞发出脆响，那么多年来，一遍又一遍地在我心里回响。陈老师是在用她的方式激励我吧？其实当时，我的成绩还不能算班里最好，不过，此后便是了。那几个字像某种催化剂，加速开发了我的学习潜能。

陈老师尤其喜欢我写的作文，几乎每一篇都要作为例文在课堂上讲读，读到好的词句甚至激动到脸红。有那么几次，她拉住送我到学校的妈妈，翻开我的作文本就说："你家虞燕写的，真的很好，你看看你看看。"我在座位上看着陈老师，每翻过一页，她都在上面圈圈点点，示意我妈看这边，再看那边，嘴巴不停地一张一合，眉毛跟眼睛一会儿齐齐往上扬起，一会儿又几乎弯到一起。她那兴奋又卖力的模样，简直像是在跟我妈推销什么宝物。

记忆里的那个午后，阳光如无数根金线，热热闹闹地垂下来，亮闪闪的，让人不由得眯起眼睛。风暖烘烘的，吹得机耕路两旁的水稻弯着头打起了瞌睡。我的轮椅碾过一粒粒的小石子，有的石子儿一下子蹦出老远，仿佛在表示抗议。在后面推着我的弟弟特意停下来，走过去把那颗抗议的石子踢飞，大概是警告它：不服也得服。再经过一个陡坡，一小段铺了石板的路，就到了校门口。操场刚拔过杂草，轮椅在翻起的泥土上留下了浅浅的辙印。

教室前的芙蓉花开得挤挤挨挨，有的拼命伸长花枝，从密集的掌状大叶子中争出来一片天。斜长出来的花朵一下子有了广阔的空间，得意地在风中晃起了脑袋。等我到达芙蓉树下时，穿蓝白细条纹衬衫的陈老师已站在了那几朵花下,她边说"如果学校有食堂就好了,你中午就不用回家了",边拉着轮椅的方向盘帮我停靠妥当。我习惯性往背后一摸,心里倏地一惊:书包呢?扭过身子把轮椅上上下下左左右右都看了个遍,不见书包的踪影。我脑袋嗡了一下,感觉浑身的血液都在往脸上涌,"书包呢书包呢?"我喃喃自语,声音不自觉地发抖。陈老师有些惊讶:"书包忘了带吗?"弟弟挠着脑袋很肯定地说:"姐姐,你书包真没带。"我哇地哭了出来,上学忘带书包,这是多么不可原谅的事情!

陈老师一把抱起了我:"你这个傻囡哟,书包也不要了。"她故意作出嗔怪的表情,又忍不住眼角向下弯,嘴角微微往上翘。在我眼里,这个微笑比她头顶那几朵芙蓉花要美上好多倍!我翕动着鼻子哭得更厉害了——觉得特别对不起陈老师,上学忘记背书包的人怎么会是个好学生呢?陈老师肯定对我失望极了。陈老师抱着我本就有点吃力,又要一边安慰我,她白净的脸上像被芙蓉花染了色,鼻尖冒出了细汗。待我不哭鼻子了,陈老师才把我抱进教室去。她让同桌拿出课本和我拼着看,又弯下腰轻声说:"你弟弟很快就会把书包拿来的,你放心。"然后,转过身走上了讲台。陈老师开始讲课时,我还呆呼呼地回味着她衬衫上淡淡的肥皂香,真好闻。

在之后的那么多年里,我见过无数的微笑,老的少的,男的女的,温暖的,动人的,可爱的,明媚的,腼腆的,爽朗的……可没有哪一个能像陈老师在芙蓉花下的微笑那样充满神奇的力量,每当我受挫受委屈或因自己做得不够好而自责时,那个微笑总能适时地浮现，它以最柔软的方式教会了我坦然面对既定的事实，并坚强越过去。

陈老师只当了我们一年的班主任就调走了，去了镇上最好的小学——中心小学。五年级新来的班主任很年轻，比陈老师高大丰满很多，却抱不动我，也从不关注我的轮椅是不是正被太阳暴晒。大概是缺乏教学经验，在学生面前，她几乎没有任何威慑力，甚至经常被调皮的男生气得眼睛发红，我们班的课堂纪律差到前所未有。我在学习上也开始心不在焉，仿佛一下子失去了动力。我依然坐靠窗位置，上课时偶尔望着芙蓉树发呆，想着那个熟悉的瘦小的身影再也不会出现了，眼睛和心里都酸酸的，上课更没了心思，成绩自然又沦为原先的不上不下了。

时光像弟弟自制弹弓上的楝果，"嗖"一下飞出去老远，再也找不回来了。孩童时期日子过得实在丰富多彩，每天的时间被动画片、作业、游戏、课外书、小孩子间的"爱恨情仇"等填得满满当当，如果不是那次的作文，我以为自己已经忘记陈老师了。那次作文的题目是"一件特别难忘的事"。一看到题目，我的脑海里闪电般亮起了一个微笑，它美好得让所有芙蓉花都黯然失色。我在本子上每写下一个字，陈老师就恍若在眼前——她稍稍弯腰，伸出双手抱起我，不忍责怪的表情，眼里疼爱的笑意……还记得那天的阳光很好，好得人从里到外都暖融融的。

没过多久，学校安排我去参加一个作文比赛，比赛地点在中心小学。那是我第一次到中心小学，一进去就好奇地东看西瞧。突然，有个熟悉的声音传来："虞燕，陈老师猜到你肯定会来比赛。"我转过头，惊喜地看着陈老师从前面的台阶走下来。她跟旁边的老师介绍了我,她的头发长了,衬得脸尖了一些,也或许是陈老师瘦了。陈老师伸出双手娴熟地抱起我,还作势掂了掂:"啊呀,重了,长大了!"旁边有老师说:"这个小姑娘长得真好看。"陈老师马上接过话:"我们啊,不只长得好看,我们成绩好,作文也好!"边说边抱着我走上台阶,那淡淡的熟悉的肥皂香在我鼻尖轻柔地绕着圈,我安安静静地靠在陈老师怀里,仿佛在做梦。

陈老师径直把我抱到了三楼的比赛场地,比赛时间马上到了,她顾不得休息一下,喘着气叮嘱我不要紧张,就跟平时写作文一样就可以了,说完就离开了。我早已忘掉当时比赛的情景,只记得比赛一结束,陈老师就进来了,我猜想,她肯定已在窗边张望了许久。在作文上交之前,陈老师飞快地浏览了下我写的那一篇,而后把我抱下楼。我记不清是怎么跟陈老师告别的,似乎一路上曾暗暗下决心:要好好写作文,可以再去比赛,再见到陈老师。但愿望一直没有得偿。

生活像永不停站的列车,轰隆隆载着我们一路向前,各自的命运遭际,如天气般变幻无常。那一年,陈老师经受了人生中的至暗时刻,她唯一的儿子因医疗事故去世了,彼时,那孩子只是个十几岁的少年。

多年后,我也成了母亲,在某一刻,我突然想起了陈老师,想起那个给了我人生中最美好微笑的人曾经历的剜心之痛,我的心像猝然被电钻绞了一下,我无法想象,那时的她是如何挨过失去了所有色彩的白天和黑夜的,又怎样挣扎着从极度的哀痛绝望里一点一点爬出来……一切的安慰都是那么可笑和自不量力，她只能靠她自己，孤独决绝地让捅成了血窟窿的心慢慢结痂，结痂后又被生生地撕开，再结，再撕……就算终有一天，看上去，她的伤似乎痊愈了，但我知道，此生，她都逃不过被随时到来的痛楚攫噬。

我多么想穿越二十年的时光回去抱抱她，就像她当年抱着年少的我一样。

光阴如沙，从无数缝隙间漏下，被各种风吹雨打去，日复一日的庸常和忙碌让人变得麻木而怠惰，直到那天，大姨提及，某次在轮船码头偶遇了陈老师，陈老师拉着她问起了我……我蓦然惊觉，自陈老师和我相继离开小镇，我们竟已失联了那么久。

多方打听，几经辗转，终于有了陈老师的联系方式。打通电话时，陈老师惊讶又开心，她问了好几遍："虞燕，真的是你啊？你真好，那么多年了还记得我！"我的眼泪差点掉下来。我当然记得，记得她的瘦小，她的短头发，她发火时的脸红，她经常穿的蓝白细条纹衬衫，她抱我时淡淡的肥皂香……陈老师笑得咯咯咯，夸我记性真是好，她说她已经退休啦，人已经胖得不像话了，以前的衣服一件都穿不下喽。

我和陈老师就像两个久未见面的老朋友，聊了太多太多，从前的，现在的，家里的，家外的，烦恼的，开心的……但我一直没有告诉她，许多许多年前，她在芙蓉花下的微笑有多美。

船上的笛声

∨∨

六岁那年,我坐父亲所在的机动货船去上海看病。刚上船,小小的我甚是兴奋,东摸摸西瞧瞧,在父亲的床铺上翻来滚去。父亲的海员同事我一律叫阿伯,船长阿伯,做饭阿伯,光头阿伯,老猫阿伯……

这是一次决定我命运的出行。父亲和母亲面色凝重,他们准备了上好的虾干和鱼鲞,送于上海的远房亲戚,远房亲戚在医院有相熟的人。事实上,前面那几年,家里每年都会捎海产干品过去,以保持联系。我两周岁多就去上海看过,医生说孩子还太小,不宜手术,等七八岁再来。父母亲揣着希望挨过一天又一天,我一满六岁,便等不及了,那个未知的结果是悬在他们心头的刀,寒光闪闪,冷气森森,让人连梦里都无法安生。

船还没驶出内港,我的活泼劲渐消,头重,眼皮重,手脚发软,整个人像被慢慢抽光了精神气,变得软趴趴晕乎乎,直呼难受。阿伯们说,才开出几步远,小囡就晕船了,那这一趟可有罪受了。果然,待船入外海,海浪如无数双巨掌重重拍打船身,"噼噼啪啪",船只摇摇晃晃,起起伏伏,我顿觉天旋地转,胃里翻江倒海，一股热气东突西撞，身上有汗渗出来。未等母亲将脸盆端近，我"哇"的一声，边吐边哭。母亲一手端脸盆，一手轻拍我后背，连连说吐掉就会好了。吐过后的确能好受一会，然没多久，胃里的食物会再次发起总攻，涌上喉咙，我绝望地发现，呕吐会如浪头般一个连着一个，到后来，吐出来的只有黄色胆汁了。

父亲和阿伯们劝我喝水，稍微进食，我似被揉碎般瘫在床铺一角，懒得回应。大家说，里面太闷了，应该让我呼吸点新鲜空气，父亲便打开了那个小窗。船上的床比较特别，装有木门，可随时移上，像个柜子，靠海那面有窗，圆形，跟我脑袋差不多大，打开即可见大海。清清凉凉的风扑进来，我深吸了一口，同时，我听到了乐声，舒缓、柔和，音符宛如在海面起舞，轻盈地跳跃，又仿佛化作了一股细长的水流，在我身体里缓缓流淌。最初那几秒，我以为乐声飘自海上，遂把脸贴在窗上，看有没有船与我们并进，不过，我很快反应过来，扭过脑袋看向对面，有阿伯坐在床沿，低眉敛目地吹笛子，他个高，微弓着身子，颇随意的样子。从此，我便唤他笛子阿伯了。

笛子阿伯暂停吹笛，问我："好不好听？"我说好听。"要不要听？""当然要听。"他又把笛子横在了嘴边，手指好似有弹性，按住、抬起，按住、抬起，我的眼睛和耳朵很忙，已无暇顾及其他。不知谁塞过来一个苹果，我想也没想接过就咬，母亲趁机喂我吃了大半碗汤饭，就着豆腐乳。阿伯们说，小囡挺坚强，能吃下就好，还可以扛一阵子。

哪是一阵子，我甚至觉得自己可以对抗晕船了，毕竟，那会子，我多么生龙活虎，随着笛声摇头晃脑，裹起小毯子霸着窗子数过往船只，笛声轻灵灵滑过我的耳朵，传到了海上。彼时，天色已暗，海水也是暗色的，像倒进了酱油，点点渔火一跳一跳，机动船"突突突"驶过，不远处，两艘船笃悠悠往前开，若两个安闲散步的人，它们不紧不慢地与我们同行，我遂想：说不定船上的人听到了袅袅笛声，不舍得开远呢。

也不知过去了多少时间，迷迷糊糊中，有人关上了窗，周围静了下来，空气暖暖的，有人问我还听不听笛声，我含混地回了个"听"，有人轻笑："这下，嘴巴要吹破嘞。"我好似躺在了摇篮里，摇篮轻轻地摇啊摇啊，笛声雨点般落下，不断地温柔地落在我身上。

一觉醒来，船早就停靠于码头了，十六铺码头，船要在那边装货。父母亲带着我先去远房亲戚家，坐公交车，经过一条正在修缮的路，泥泞而漫长，在我的耐心快消失殆尽时，终于到达。晚上，住在他们家阁楼，第二天，由那个婆婆领路，去医院。

不同于心事重重的父亲和母亲，一路上，我睁大眼睛，好奇地东张西望，叽叽喳喳说话。直到进医院，躺在手术床里被推进一个房间，我才感到害怕。几个穿白大褂的人围着我，捏捏我的膝盖，弹弹我的脚底板，说一些我听不大懂的话，其中一个还摇了摇头。过了半晌，我被推出来了，我大大舒了口气，听说动手术是要拿刀切身体的，医生说不用动了，那就是可以完好无损地回家了，我简直庆幸自己逃过了一劫，开心得想哼歌。而母亲，靠在那面雪白的墙上，好半天没有动。

终于回到了船上，笛子阿伯老猫阿伯他们迎过来，围着我们问情况。我抱着上海婆婆给的奶糖和糕饼，钻进父亲的床铺，小圆窗真是好，能看到停在码头的轮船、货船，人们行色匆匆，像一条条鱼儿游进游出。偶尔转头看几眼聊天的大人们，大家的神情都挺严肃，父亲一直在抽烟，他的脸隐没在烟雾里。时不时，有叹息声和安慰声溜进我耳朵。

黄昏时分，笛子阿伯又吹响了笛子，他的一缕头发翘着，像折断的燕子翅膀，嘴唇干干的，浮起一层皮。总觉得这一次的笛声跟那天的不大一样，低沉、浑厚，让人联想到一大团乌云，沉坠坠的，眼看就要掉下来，或者，即将化作一场倾盆大雨。大家都没有说话，我也不好意思搞出什么大动静，只重复一个动作，把花花绿绿的糖纸压平。海鸟的叫声传来，忽高忽低，忽远忽近，听着有点儿烦。

船在码头装货要好几天，那一日，父亲趁自己有空，想带母亲上去走走，散散心，毕竟，那是母亲头一次到上海。那么，一整天的时间，把我托付给谁好呢？起初，我不愿独自留下，眼泪汪汪的，笛子阿伯拿出笛子在我跟前晃了晃，我改变主意了，决定跟随笛子阿伯。

我问阿伯，眼睛为什么老是眯起，是因为吹笛子太费劲吗？阿伯哈哈大笑，回答道，那是天生的，从小眼神不大好。那我放心了，若是吹笛子不用眯眼睛，我也想学，眯眼睛可不好看。我触摸到了笛子，滑滑的，凉凉的，笛身上凿了好几个小孔，其中一个孔贴了白色薄膜，当知晓这膜居然是鸡蛋壳的那层内壁，我张着嘴巴，一时没合上，觉得真不可思议。阿伯吹笛子时，白膜会微微颤动，我有些担心它会不会突然破裂。

阿伯跟我打赌，我会唱的歌，他都能吹。我暗暗铆足了劲，记不清当时唱了哪些歌，大概就是《小燕子》《洪湖水浪打浪》《采蘑菇的小姑娘》之类，有的能唱全首，有的只能唱半首，最后，搜罗搜罗，连只能哼一两句的都翻了出来。阿伯的笛子实在神奇，我慢它就慢，我快它也快，笛音始终忠实地追随着我。其他的阿伯们进进出出，打趣道：哟嗬，这是开上音乐会了？

在后来的许多年里，每次我忆及那日的笛声，总会想到泉水，欢快、清亮，一路淙淙而流，在阳光下飞溅出闪亮的碎末。

船装满货物后要运输到别处，不回我们岛上，父亲只得托另一艘船将我们娘俩送回家。换船在夜里，我正睡得香，被抱来抱去也没觉察。醒来大概是后半夜，或许嗅到了陌生的气息吧，睡得不安稳，说话声、脚步声、咳嗽声时有时无，我看向四周，幽暗、局促，一想到这船上没父亲，也没有笛子阿伯，心里头闷闷的。

父亲与笛子阿伯交好，两人后来即使不在同一条船工作了，也会时常聚头。每隔一段时间，笛子阿伯上我家，一见我均是差不多的话，"又长大啦，时间过得真快"，诸如此类。有一年夏夜，几个阿伯在我家院子里乘凉、谈天，正值修船期，海员可以在陆上休息一两月。不知怎的，提到了我小时候缠着笛子阿伯吹笛子的事，已是少女的我觉得怪不好意思。

听父亲说起笛子阿伯，十七八岁在木帆船做炊事员时就吹上笛子了，那么多年过去，对这个爱好的兴趣只增不减。船靠岸，还有其他船的人过来切磋技艺，"滴滴嘟嘟"，海上漂的日子倒也不枯燥。

某一次，我去海边，看着各种船只在海面上驶行，大大小小，快快慢慢，恍惚间，竟听到了笛声，那么飘渺、悠远，也许，在其中的某一艘船里，也住了一位爱吹笛子的人吧。

多年前，我离开了故乡的小岛，这些年，通过父亲，零零散散地收到关于笛子阿伯的消息——去渡轮站工作了，退休了，视力越来越不行了……前几天，父亲告知，他和笛子阿伯都加入了岛上的老年协会，阿伯负责吹唢呐。我很惊讶，为什么是唢呐，而不是笛子？我猜想，概因老年人喜欢热闹喜庆？这么想的时候，心里却执拗地响起了笛声，婉转悠扬，颇有绵绵不绝之势。

第三辑　往事如昨

女儿戏

∨
∨

粉墨登场

拉上碎花窗帘,粉色皱纸围上白炽灯,灯光粉茸茸的,我和芬的脸蛋也粉茸茸的,像熟透的蜜桃。空气里流淌着甜腻的味道,那来自方凳上一盒打开的唇膏。

唇膏是小姨送我的,一盒里并排躺了矮墩墩的六支,桃红的、淡粉的、粉紫的、西瓜红的……那么鲜艳那么丰富,两个小女孩围着它,激动如拥有了世上最好的宝贝。塑料边框的圆镜子在我们手里传来传去,她挑粉紫,我选桃红,两张嘟起的小嘴上开出了娇艳的花朵。可不舍得拿唇膏涂脸上,那么,老办法,从抽屉翻出写春联的红纸头,沾点水,于各自脸颊抹出红彤彤的两坨,接下来,忍着墨汁的臭味,用毛笔画眉毛,又黑又长,直飞入鬓。两两相望,再揽镜而照,镜中人乐得合不上嘴,粉腻酥融娇欲滴算什么,要的就是浓墨重彩喜洋洋,在我们当年的审美里,这样才最大程度接近了戏台上和电视里的小姐丫鬟。

那会儿还未读过诸如"云鬓花颜金步摇""玉钗斜簪云鬟髻"

之类的诗句，但谁没看过几场戏文、几集古装剧呢？我们凭着记忆和想象为对方梳发，头发必须分上下两部分，上部分扎小髻编辫子挽成圈，下部分任其如黑色泉水从肩头泻下。技术不够，头饰来凑，各种花各种串珠链子往头上戴啊挂啊，还要拿蝉翼般薄透的丝巾一盖，总之，尽管珠翠满头尽管飘逸华丽就好。妆发完毕，服饰得跟进，绸缎被面作披风，床单裹身，曳地而行。氛围营造好了，芬立马进入自我陶醉状态，迈着小碎步扭来扭去，拿腔拿调地咿咿呀呀，我老是慢一拍，颠三倒四地跟上。两人的词和曲调基本靠即兴自创，无须听得明白，重点在于学着戏里的样子甩甩水袖跷跷兰花指，千娇百媚，你来我往，那一刻，我们就是林黛玉、祝英台、孟丽君……

平日里，我跟芬会收集添置一些"道具"，项链、戒指、发夹、丝巾扣、绸带等，准备"唱戏"时，两人均倾尽所有，扮出美美的自己。小玩意儿越来越多，我看中了家里的麻将盒，蓝白花纹的布面，有搭扣，特适合装这些零碎的东西。芬捧着盒子，用手指扒拉起我的"珠宝首饰"，猛然抬头，这不就是个百宝箱嘛！此后，麻将盒便归入了道具行列，每回"唱戏"，芬有了固定曲目，左手托"百宝箱"，右手将盒子里的饰品一件一件扔在地上，嘴里念念有词，搞不清是说还是唱，眉头蹙起，嘴角垂下，一副哀哀戚戚的样子。

多年后，我才想到，芬模仿的莫不是那出杜十娘怒沉百宝箱？芬只比我大一岁，在这方面，少时的她懂得比我多，"戏瘾"也比我大得多，我只能做个亦步亦趋的跟班。

大人们说芬好动如男孩，力气也大，上树摘果，下河摸鱼，背着我还能跑得飞快,但就是这样的她,扮起娇滴滴的小姐来,竟挺像那么回事儿。尤其是"摘花"的动作,转个圈儿,衣裙飘起,摘到花后,她跷着兰花指一会儿在胸前撩起,一会儿向外翻腕,眼随手走,脚步绵软,真有点戏角儿的范。扮得多了,难免渗透到日常中,况且哪个小女孩不爱美呢?芬变得文静了些,爱穿花裙子,爱扎公主头,还在那年的立夏穿了耳洞,戴上了心心念念的耳环。彼时的芬个头比同龄人高,瘦瘦的,塌鼻梁和鼻间疏落的雀斑反倒添了一丝娇俏,我奶奶说:芬这小人儿看起来有些不一样了。

那年月,每逢过年过节或菩萨生日,常有外面的戏班子来庙里做戏文,板鼓堂鼓大锣小锣敲起来,热热闹闹。有一回,戏班子应邀到驸马宫演出,驸马宫就在小学附近,芬脑子一热,逃学去看戏了。她母亲知道后,免不了一顿打,不过,瞧瞧芬,没一点难过的样子,似乎一顿打换一场戏挺划算,她跟我说起去后台偷看的事,说唱戏的人怎么戴绑带和发网、怎么贴瘦脸的鬓角发,她兴奋地比画来比画去,鼻间的几颗雀斑快要蹦起来。

从此,我们又多了一样道具——"鬓角发"。用墨汁涂黑作业纸或白纸,剪成一头粗一头细的条,沾点胶水贴在鬓角,两人头靠头照镜子,"咯咯咯"地笑。

儿时玩过的所有游戏里,"唱戏"的准备工作最为繁复,化妆、服饰、道具、场地,甚至灯光,还得尽量挑大人不在家的时候,不然,服装很可能到不了位,大人最烦被面床单这类大件被弄乱弄脏。当然,事后多数也要败露,但,那又怎样?我们小人儿只要有得玩,挨骂挨揍不算啥。

时间充足才能玩得尽兴,所以,"唱戏"基本都在放假时进行,场地很固定,不是芬家就是我家。"服化道"越来越高级,缀花边的发网、乔其纱飘带、亮闪闪的胸针、绣花腰带、团扇、眉笔、指甲油……还有芬父亲用竹条编的小花篮,我父亲从南京买的电子琴。我坐在边上弹琴,十指翻飞,芬手挽花篮,袅袅婷婷踏着小碎步。我们连落地扇都没放过,风扇打开,芬的长发和"披风"飘扬,她扬起的脸上泛着柔和的光,宛如晨曦里一片柔嫩的花瓣。

奶奶说得没错,小人儿长起来很快的,几阵风吹过就长大了。我上初三时,芬已毕业,她母亲所在的电镀厂倒闭,做起了米团子生意,芬便天天跟着揉起了粉团。我上她家,几乎每次都碰见她站在搭起的木板边,长方形木板上堆了揉好的、揉到一半的糯米团,芬低着头,两只手跟白乎乎的粉团纠缠着,她手劲大,揉、捏、捶、打,木板像有了呼吸,一起一伏。头发不听话地滑下,她用手一拨,脸上也沾了粉。

小时候身高占先的芬后来似被什么狠狠压住了,压得略方正,个不长,肩膀倒宽厚,身体也壮实了不少,尤其胳膊,线条算得上粗犷,一用力揉粉团,肌肉一跳一跳,不像是女孩子的。在最好的年华里,日复一日地,芬将自己禁锢在了不到两米的木板边,趿拖鞋,穿疑似她母亲的旧衣,头发呈从未梳直状态,话也愈发地少,我简直怀疑,那个爱美又灵动的小女孩已被慢慢打碎,揉进了糯米团里。

某一年,我回老家,远远望见芬站在小店门口,正自顾自嗑瓜子,粗短的身子上挂了条围裙,围裙颜色繁杂,乍一看,似染满了污渍。店是芬开的,她边"噗噗噗"地吐着瓜子壳,边跟我聊着,说她母亲年纪大了,早已不做米团,小店生意还凑合……她的嘴巴一张一合,那颗银牙一闪一闪,闪得人眼睛不适。

芬不断以大拇指和中指捏起瓜子,让我想起她当年跷兰花指的模样,那个装扮得花枝招展的小身影从眼前一晃而过,我听见了自己的一声叹息。

翻呀翻花绳

一根粗细适中的绳子,结成个圈,手指与之纠缠不休,压、挑、勾、翻、撑、穿、拢、扣、绕、放,这指尖的舞蹈,编出了无尽的花样,"愈出愈幻,不穷于术",怪不得古人称翻花绳为闺房之绝技。

翻花绳的绳并不讲究,毛线、尼龙绳、棉纱绳等均可,实在没有,从织网的姑娘婶子那剪根网线下来便能用。此游戏分单人翻花和双人翻花。绳圈套于双手,十指灵活协作,翻出降落伞、飞机、五角星、织布机、蝴蝶、电视机等,翻完一个,还原,再翻其他,这种单人翻花的好处是可选择自己便于掌握的类型。但我们最常玩的却是双人翻花。一人以手指将绳圈编成一种花样,另一人用手指接过,翻出不同的式样,相互交替,直到一方翻不下去为止。你手指上造出个大桥,我一接,成了渔网,继而你来我往,穿绳走线,谁也不甘示弱,面条、牛槽、酒盅、轿子、双十字……花式由简入繁,又化繁为简,千变万化,玩游戏者或游刃有余，或山穷水尽，或有惊无险，一根简单的绳子挑翻出了充满变数的世界，让人着迷。

我的兜里常揣一根绳子，课间、放学路上、走亲戚、饭后、等人……都可以见缝插针地即兴娱乐。不相熟的两个小人儿，一见绳圈，便心领神会，一头栽进纵横交错的线条里，眼、脑、手并用，各种花样争相绽开于指间。翻花绳的两人既彼此刁难，又互相配合，都想翻出一个新颖复杂的花样惊住对方，但若一方盯着这个花样愁眉不展，另一方又会及时提醒、鼓励，让游戏顺利进行下去。往往，两个翻花绳高手较量过一次后，便成了朋友。

夏日里，夕阳还流连于院子一角，我们已早早吃了晚饭，洗了澡，大人们正忙着刷洗、打扫、浇菜，离看电视还有蛮长一段时间，那就先玩自己的。这个时候的女孩儿大概是一天中最清爽漂亮的，擦过香皂，换上了心爱的花裙子，头发湿漉漉披着，这样的我们当然不宜玩诸如捉迷藏、扮家家酒之类的游戏，会出汗，会弄脏衣裙，那么，翻花绳无疑是最佳之选。

若人数为偶数，正好，两人一组，两三组一起来；为奇数，那就一人在旁等待，谁先翻不下去，自动让位。在翻花绳上，男孩儿一般技术欠佳，就是凑数的料，而有一个人，却是连凑数的资格都没有的。

那个外号叫"小尼姑"的女孩住河对岸，她得绕一片田埂才能到我家，周边的人都知道"小尼姑"较鲁钝，学什么都慢，学习成绩回回倒数，就连翻花绳也没学会。每次，"小尼姑"都巴巴看着大家翻，我们翻得兴致盎然，她在边上显得挺开心，咧着嘴,露出洁白整齐的牙齿。

那天,"小尼姑"嗫嚅着表示,想跟我们学翻花绳,另两个女孩说,多看看就会了啊。然后,便不再搭理她。"小尼姑"只好瞅向我,她有点斗鸡眼,眼型细长且微微下垂,像两颗蔫了的黄豆芽,那一瞬,我觉得她看上去有点可怜,便答应下来,她立马拍了下我的手,热情地嚷嚷,要以鱼籽干回报我。

果真,之后"小尼姑"过来,都会捏串蒸熟的鱼籽干,鱼籽干鲜而香,吃了人家的嘴软,总要认真教一教。我让她先练习单人翻花,从简单的降落伞、蝴蝶翻起,她的手指白皙且肉乎乎,还蛮可爱,只是不大乖,要么跟冻僵了似的,好不容易费劲弯过去,颤颤巍巍勾住,刚要穿出来,手指却突地直了,绳子弹回原位;要么互相闹别扭,不肯合作,比如翻蝴蝶时,有个步骤是两手小指跨过绳子上方,穿过前面的小圆圈,再将最前方的绳子挑起后挂于小指,她倒好,小指一开始行动,勾着圆圈的中指就直接松开了,我"啊"了一声,她慌了,十指一通乱弹,绳子竟被打了个死结。更可气的是,历尽万难,已到了最后一步,只要转动下手,让大拇指朝上,图案就显现了,结果,她转动的时候,让绳从拇指滑了出去……好了,前功尽弃。

好在,对于翻花绳,"小尼姑"还蛮上心,真正的绳圈不离手,人家不用时藏于兜里,她干脆缠在手腕上,好似戴了个手环。有小伙伴嘲讽她学个翻花绳比造飞机还难,她不恼,也不脸红,自顾自翻了拆,拆了翻。我有时候急了,态度不大好,她就把斗鸡眼一耷拉,嘴巴抿紧,但没过几秒又嬉皮笑脸起来,眉毛一抖一抖的。没辙,继续陪她翻吧。

终于,"小尼姑"的手指像解了冻,变得柔软灵活起来,她挺得意,到了傍晚便蹦蹦跳跳地过田埂,一进我家院子,迫不及待晃起手里的绳圈,要跟大家玩双人翻。她的技术属于入门级,基本款花样还是能坚持几个来回的,和她玩时,翻什么我会挑,尽量翻她能接得上的。旁边有大人夸"小尼姑"进步大,她摇起脑袋,轻快地甩出一句:那可不,梦里都在翻花绳呢。

很多人说加强手指活动就是开发大脑,翻花绳是能变聪明的,益于学习的,这个说法好像在"小尼姑"身上并未应验,她翻花绳倒是愈发熟练了,然学习成绩更加糟糕,应该说是一塌糊涂,到初一时,门门课个位数,索性上了一学期就辍学了,在家织网,跟着其母亲种地浇菜,我经常看到她出现在河对面那几垄地里,偶尔还高一声低一声地问我:番茄要吃吗?黄瓜要吃吗?

我没注意"小尼姑"是何时走出我的视野的,初三的日子过得紧锣密鼓,时间被挤压成干瘪的枯叶,一日日倏忽翻过。突然有一天,邻人提及"小尼姑",说笨笨的人胆子倒挺大,竟然跟人家退伍兵跑了……我惊愕良久,心里一阵怅然。

大概一年后,"小尼姑"又毫无征兆地站在了河对岸,她剪了短发,变黑了,胖了不少,无袖连衣裙因裹得过紧而皱巴巴的,我有点儿激动,喊了声"小尼姑",她慢慢转过头,似乎是向我微笑了下,因为有一丝光迅速闪过,我猜测来自她洁白的牙。

那几天,周遭的人变得甚是多话,围绕"小尼姑"议论来议论去。"小尼姑"是逃回来的,男方那里穷,家里养了好几头猪,"小尼姑"得每天四五点就起床,煮猪草,准备一大家子的早饭,然后干农活。"小尼姑"学东西慢，笨手笨脚，男的认为她偷懒，打了她……因为割猪草不得法，"小尼姑"一刀劈在了自己手上，导致有个手指落下了残疾，听到这个，我感觉自己的心脏颤了一下，我想起她白皙的肉乎乎的手指，想起她笨拙却努力翻花绳的样子……

不久，男方找上门来认错，"小尼姑"躲着，不愿意跟他回去，她父亲掀了桌子，说：这肚子都五六个月了，不跟去在家里丢人现眼啊？

"小尼姑"走后，我望着河对岸发呆。玩花绳时，面对他人编出的图形，我们的脑子迅速运转，是翻成这样还是翻成那样？想象方式不同，手指翻动的方法也就不一样，每一次的选择都影响接下来的走向。曾经，"小尼姑"不满足于那几个基本款，屡次要求翻更精巧好看的花样，让自己多点选择。那她的人生呢？

瞌瞌娘子

一幅幅花布瀑布般从云天直泻而下，阳光下，变幻多姿的图案和颜色不停闪耀、跳跃，纷纷扬扬，斑斓了整个天空。睡醒后的我颇失落，若能把那些布从梦里偷出来该多好，就可以给我的"瞌瞌娘子"做许多漂亮衣裳了。

瞌瞌娘子就是自制的小人。最初，由奶奶做，一小团棉花搓圆了，用白色的布包裹起来，缝衣线一扎，鼓出个汤圆似的脑袋，下边的布随意垂下，即成。我也会做，还在成品上画上圆圆眼睛和弯弯上翘的嘴巴，瞧着就很乖。看《聪明的一休》，惊喜得语无伦次，那挂在树上的晴天娃娃不就是瞌瞌娘子的放大版吗？

问奶奶，为什么叫瞌瞌娘子呢？得到的回答是，它不能动，只能每天躺着打瞌睡，就叫瞌瞌娘子了。所以，给它打造一张舒适的"床"是多么关键，双宝素和青春宝的盒子为上佳之选，我挖去盒中琴键似的间隔，放上亲手缝制的"床单""枕头""棉被"等，自认为布置得甚是温馨，盒盖就不要了，那会把瞌瞌娘子闷坏的。又找来方正的盒子作为"衣橱""衣柜"，我的瞌瞌娘子可是个美丽的姑娘，必须置办多套服装。

周边的小女孩都有属于自己的瞌瞌娘子，有时候，大家凑一起，让瞌瞌娘子们串门、聚会，这样的场合，当然得好好装扮，作为它们的主人，纷纷拿出十八般武艺，不断给"自家姑娘"换装，旗袍、连衣裙、背带裤、披肩、帽子等轮流上，挖空了心思要争奇斗艳。当然，我的瞌瞌娘子即便不出门，不参与什么活动，亦是每天盛装，一直美美的。

它是一个随叫随到的伙伴，它也是一部分的我。夜晚，它的"床"在我的床上，我们一起睡觉；清晨，我起床穿衣，也为它更衣；我有了新衣服，必到处找碎布头缝一件给它；我出去玩，它安静地待在口袋里陪我；孤单了，托它在手心说说话；高兴了，便来个抛举，让它如仙女般翩翩飞舞……

于我，有瞌瞌娘子的最大乐趣是可以为它设计和缝制各种服饰，复古的、时尚的、淑女的、可爱的、仙气的，我特别留意电视里、画报上的女子着装，尤其是动画片和漫画书，喜欢的就会画下来。裁剪缝制时并不一定按照所画的，我常常去掉繁杂的，不易实现的，加入自己的构思，那或许不应该叫构思，那是一个小女孩的偏爱和固执。偶尔在缝制了一半时，灵光一闪，便不依着原来的了，改动一下又何妨？那种随心所欲的发挥让我激动和满足。

平日里，如燕子衔泥般，我搜罗了各种材料，布料、蕾丝、扣子、毛线、金线银线、绣花线……通通塞进大布包里备用。来源无非是母亲用剩的边角料，隔壁裁缝店剪下的碎布，以及从其他女孩那换来的货。母亲会裁缝活，家里的缝纫机时不时"哒哒哒"响起，衣橱下方的两个抽屉攒满了涤纶、毛呢、的确良、乔其纱、棉布等边角料，花花绿绿，形形色色，那真是巨大的诱惑，母亲一不注意，我就兴冲冲把脑袋埋进去，在那里头翻啊找啊，不敢拿稍微宽大的布，母亲要派用场，我的主要目标是小块的颜色艳丽的布，这类碎布头，母亲大多睁只眼闭只眼，随我便了。有一回，弟弟的红色尼龙袜少了一只，母亲翻箱倒柜依然不见踪影，便断定是我偷去给瞔瞔娘子做衣服了，好些天后，那只袜子出现在床头柜底下，准是老鼠干的，我这才洗清冤屈。母亲说：唉，谁让你总是盯着布料两眼放光，跟见到金子似的，怎能让我不怀疑你？

我给瞔瞔娘子备了四个"衣柜"，春、夏、秋、冬，每个季节的衣物都有专属柜。衣物种类款式繁多，开衫套头衫，连衣裙背带裙半身裙，背带裤长裤短裤，上衣分短袖中袖长袖，裙子分百褶裙蓬蓬裙一步裙……我乐颠颠地捏着划粉，学着母亲的样，在报纸上划，在布上划，剪刀咔嚓咔嚓，缝衣针绕来绕去，从指间捧出的每一件，都缝进了我的巧心思。锦上添花的事也常有，镶上花边，绣一朵简单的花，完成后摊在手上瞧了又瞧，给瞌瞌娘子穿上后再瞧半天，小小的心像陀螺，得意地转起了圈圈。

　　大家都夸我做的小衣小裙好看，周边一些女孩会来学式样，那些宝贝我盯得可紧了，生怕她们弄脏弄坏。有个小女孩摸着摸着，竟摸到了自个儿衣兜里，我一点不留情面，当场让她交出来，她涨红了脸，鼻尖沁出了细密的汗。此后，对于向人展示我家瞌瞌娘子服饰这个事儿，我颇为抗拒，我更喜欢一个人在纸上画一画改一改，而后，裁好的小纸片覆于布上，沿纸的轮廓剪下，耐心缝制。一款接一款，乐此不疲。

　　某日，西屋奶奶的孙女阿雪匆匆过来，手里握着一条丝边，央我做裙子。用丝边做裙子实在太简单了啊，围成喇叭状，两端缝上，便是一款很仙气的半身裙了。丝边是那种雾蒙蒙的白，紫色包边，褶皱细细碎碎，我做了两层，裙子蓬蓬的，惊艳极了，像电视里的芭蕾舞裙。我纠结了一个晚上，最终贪婪占了上风，谎称丝边被我弄丢了，为弥补自己的愧疚，我送了阿雪几件新做的。那条惊艳我的裙子，一直未套到瞌瞌娘子身上，每次看到它，我的脑海就会出现那个羞得满脸通红不住冒汗的自己。索性，我把它塞进了一个隐蔽的角落，后来再也没有见过。

　　待再大一些，我的心思发生了转移，开始热衷于给自己设计衣服。也是在报纸上涂涂画画，然真正的衣裙，裁剪和缝纫难度太大，只能求助于母亲。缝纫机的机头支起，上针、穿线，母亲坐于方凳，双脚踩动踏板，脖子略前倾，眼朝下，紧盯送布牙、压脚及针板部分，车好的布料缓缓往下滑，很快，衣服的雏形便出来了。真是个神奇的过程。

在我的少女时代，曾渴望成为一名裁缝师，我想象着自己操作起了缝纫机，它那么顺服那么卖力，踏板有节奏地起起伏伏，机针鸡啄米般点着头，布料滑动得如行云流水，一款又一款新颖的衣裙从缝纫机里吐出来，穿在了我的身上，我跟我的瞎瞎娘子一样，坐拥美衣华服，想想都幸福。我尝试过坐在缝纫机前，但双脚跟我的意识拧巴着，怎么也使不上力，母亲叹了口气，说等以后医学发达了，治好了我的腿，就可以踩缝纫机了。

就这样，我的裁缝梦刚萌出芽儿，就枯萎了。

扮家家酒

扮家家酒的场地永远在我家院子。

我家院子大，且充分具备玩此游戏的条件。东面有条狭长的小河，河水潺潺，水草萋萋，小抄网随便一捞，网里鲫鱼泥鳅蹦蹦跳，往河埠头一蹲，舀水洗菜多么方便；正南，即房屋对面，搭了葡萄架，藤蔓四处攀爬，绿叶随之游走，形成个"绿帐篷"，常有蝴蝶蜻蜓流连忘返，鸡鸭猫狗在下面转悠，太阳猛得过分了，我们也躲进"帐篷"里，连带着"锅碗瓢盆"，称之为"搬家"；西边划出来一块地，母亲种上了韭菜、茄子、倭豆、番茄，加上院中野草野果野花到处撒欢，根本不用愁没"菜"下"锅"。

靠着院子的一面墙，两排砖头垒起，其上架块青石板，看起来像间没门的小屋，母亲在石板上晾晒洗刷，我把扮家家酒的玩具都藏于"小屋"里。这些玩具是我跟附近小伙伴们一起收集的，并时常更新或淘汰。最初，玩具粗陋，破碗碎瓦瓶盖玻璃片均可充当，后来"生活"好转，"餐具器皿"升级，陆续有了河蚌壳盘子、缺了一角的碎花碗、蓝边碗、某种补酒配套的透明小杯、彩色塑料罐、生锈的叉勺、竹编小筐、铁丝缠的小篮子等等，游戏开始前，这些"日用品"先分配给几户"家庭"，若都看中了某样独一无二的东西，相持不下，那就由剪刀石头布而定，当然，除了分配所得，"每户人家"还可以自行添置，院子及近处有什么合意的，尽可拿去，谁先找到算谁家的。

拿粉笔在院子里画地为家，你家，我家，她家，每个家庭由爸爸妈妈和孩子组成，但我们小人儿不愿做孩子，都想当大人，这个时候，布娃娃就派到了用场。小男孩儿对扮家家酒的兴趣不大，就算参与进来了也缺乏耐性，常玩了一半就撂担子，转而去玩玻璃弹珠和冲冲杀杀的游戏，索性，"爸爸"也由女孩儿担任了，玩游戏可来不得丝毫勉强。

扮家家酒的内容大致包括买菜、带娃、打扫、做饭、请客、做客。"出门买菜"要眼头活络，先下手为强，拎着小篮子捏着塑料袋，屋前屋后，地头院角，到处搜寻。四季草木是最贴心的朋友，想要蔬菜，革命草、蒲公英等野草叶子随处可采，再高级点，那就去菜地里掐菜叶，偶尔还偷摘未成熟的豆子和番茄，不过，被母亲发现了是要骂的。拔几根狗尾巴草做扫帚，采一束野花插在罐头瓶子，摘楝果、商陆摆果盘，游戏里的日子，也要过得活色生香。荤菜可选择的相对少，河里摸螺蛳捉小鱼，鹅卵石当白煮蛋，干树叶为鱼鲞，红砖碎块即红烧肉，再去舀一瓢浮萍做汤羹，当然不能少了米饭，用沙子或泥土替代。看，蔬果鱼肉主食一应俱全，得意两字已挂在了脸上，甚觉自己是个好客的主人。

"客人"进门，落座，倒水，寒暄，"主人"夸完"妈妈"衣服好看又夸"孩子"乖巧，"客人"则赞许屋子收拾得干净，菜肴丰盛，吃饭时，介绍菜和夹菜是必备环节，其他就靠即兴发挥了，有时，刚好有鸡鸭大摇大摆过来，便说是自家养的，如何如何。有时，谈起"邻里间"的纠纷，你一句我一句，随想随编。我们不遗余力地学样、互动，生怕自己演得不够像，我们多么渴望快快长大，这样就能成为忙碌、得体、拿大主意的大人。

一直以来，大家默认的"做菜"，就是握个短树枝搅动"锅"里的"菜"，嘴里还不忘配音，"嗤嚓嗤嚓"。有一次，不知谁先提议的，要真煮熟了吃，随即，引来一片附和声。几块砖头搭起灶台，整片瓦刷洗得透亮，那会儿，正是倭豆成熟时，我们抢着剥豆荚，绿宝石似的倭豆置于瓦片里，瓦片搁在灶台上。划亮火柴，干草和碎木片烧着了，青色的烟像被什么所驱赶，火急火燎地冒了出来。只是烟愈猛，火却垂头丧气，眼看即将熄灭，我们束手无策，那个叫悠的女孩突然趴在地上，用树枝挑起"灶"内的柴，鼓起腮帮子往里"呼呼"吹气，火仿佛接收到了指令，噌地蹿了起来。旁边几个见状，兴奋地拍起手来。

倭豆最终没吃成，母亲外出回来撞见我们玩火，很生气，踢翻了小灶，并警告再不许玩了，万一引起火灾，人啊房子啊都要烧没，且吃了不够熟的倭豆还会中毒。

之后，悠悄悄跟我说，其实火也没那么可怕，她经常自己做饭，但烧火时千万不能打瞌睡，人离开前，得把灶膛里的灰烬用水彻底浇灭，这样就安全了。悠前几日刚加入我们，她是隔壁村的，之前极少一起玩。

烧火是不敢了，不过，悠出了个主意，跟办酒席一样，可以上冷盘，这样也能真的吃啊。后得知，悠的奶奶就是摆冷盘的，那个时候，岛上红白事、上梁酒、满月酒等都得请专人摆冷盘。某天，悠带着弟弟过来，手里捧着个红色塑料果盘，又从口袋里摸出两只皮蛋，皮蛋去壳后，她用水果刀将其切成好几瓣，而后在果盘里摆成花朵的形状。悠还带过自己煮的番薯、自己炒的黄豆和倭豆，迎着大伙热切的小眼神，她嘴角上扬，笑容如涟漪轻轻漾开，最后汇成了两个酒窝。

在悠的带动下，一众小人儿纷纷仿效，你奉上干花生、橘子，我有瓜子、小糖，她分享腌萝卜、黄瓜，还一起采摘可食的野果子，如桑果、灯笼果、茅针、胡颓子等，生生把扮家家酒搞成了野餐活动，真正是，玩得开心，吃得舒心。那些男孩馋得流口水，觍着脸要求加入游戏，女孩们可是记仇的，要你时不理不睬，如今想来可没那么容易了！实在缠得没办法，那就给个佣人的角色吧，派他们脏活累活，扫院子啦上树摘果啦洗碗盘啦，干好了才给饭吃。

我去过一次悠家。她家还不是水泥地，地面黑乎乎潮兮兮，悠抱了些木柴到灶间，熟练地生起了火，灶膛里传出"噼啪"声，她嘱弟弟看着火，自己搬了条小方凳至灶台下，稳稳站上去，右手握住铲子，在铁锅里"嚓嚓"铲几下，她的高马尾跟着晃动了几下。油入热锅,"嗞嗞嗞",悠解开旁边的塑料袋,将生番薯片小心地一片一片地放进去,并不时翻动。夕阳正从后窗透进来,悠的侧影茸茸的,朦朦的,宛如一帧艺术照。

悠炸的番薯片颜色金黄,入口酥脆,我惊叹,竟一点没炸焦,这手艺都赶上大人了,悠闻言,大眼睛快速一眨,笑意从浅浅圆圆的酒窝溢了出来。她让弟弟和我先吃,自己端着个小脸盆,接了水,用手撩出少量的水,一点一点洒在灶膛的外围。

母亲说,悠可怜,她那个妈跟人家做生意的跑了,太狠心了,这个女人。

悠初中没毕业就去了外地,听说很早就嫁了人。前些年,昔时一起扮家家酒的伙伴提及,某次回家过年,见过悠,儿子都比她高了。

自后,再未收到有关她的消息。

收鱼鲞的女人

∨
∨

汽笛声如号令,轮船准时精准地靠了岸。人们身披海风,一脚踏上陆地,如鱼群般拥入。那些收购鱼鲞的女人随人流前行,她们衣着素朴,三五成群,一手紧捏叠好的麻袋编织袋,一手握扁担,或干脆绑袋子于扁担上,空出一只手来互相挽着。她们就像几尾鱼儿,悄没声息地潜入小岛,分头游走于街头巷尾。

收鱼鲞的女人大多来自浦门,与我们岛隶属同一个县,早晨,她们从浦门港出发,海面上,旭日缓缓升起,映红了女人们的脸,这一趟收获几何,谁心里也没底,或许,她们会默默给自己打气,总要对得起来回的船票。

收鱼鲞的女人跟其他收购者不同,不会扯着嗓子沿街吆喝,不会为压价而磨人,她们甚至略羞涩,连脚步都是轻捷的,从门外微微探进头,问,你家要卖鱼鲞吗?

20世纪80年代,海产还较丰饶,我们岛上,除了农民,渔民和海员人家多多少少晒有鱼鲞。父亲那会在冰鲜船工作,总会分得若干鱼货,有时,他干脆在船上剖杀、晒干,带上岸来。海风加猛日头,船上晒制的鲞特好,喷喷香。品相尚可的鲞可不舍得自己吃，要留着卖钱。

收鱼鲞的女人会在每年夏季和冬季来岛上。夏季，海水逐渐升温，渔场海面的东南风促使其向西北沿岸流动，乌贼随水流游到了山边，形成乌贼汛，正是晒乌贼鲞的好时机。而到了冬天，东海的鳗鱼已囤足了脂肪，气候干冷，风又大，极适合风干肥美的鳗鲞，且不易发油。所以，一年之中，收鲞人有两个季节最忙碌，夏收乌贼鲞，冬收鳗鲞。

为了价钱卖得高一些，父亲曾托人带鲞去广州，然最终没卖掉，还因气温高而导致鲞发了霉，白白浪费，怪心疼的。此后，便专心等着收鲞的女人上门了。我们只需将家里的鱼鲞都亮出来，任她们看、闻、量，谈妥价格后，收了钱，鱼鲞被细致地扎成一捆一捆，装进编织袋。收鲞人麻利地系紧口子，用扁担一挑，两头鱼鲞一晃一晃，她们一扭一扭地走远了。

那日，已接近中午，屋外炎阳炙人，院子里的杂草似被开水烫了，叶子缩成了卷状，地面白晃晃的，令人眼睛不适。两个女人裹着热浪出现在我家门口，戴宽大蒲凉帽的高一些，用毛巾包头的较矮瘦，跟她身旁的粗扁担不怎么搭。不等她们开口，母亲就知道是收购鱼鲞的，立马引进了屋。

她俩迅速抹了下汗津津的发红的脸，顾不得理会粘在额头的湿发，凑近母亲陆续搬出来的乌贼鲞，眼睛如探照灯般来回回扫射。我家乌贼鲞均藏于一口大缸里，按个头大小串起来分装。母亲一趟一趟地从里间运出来，一编织袋，又一编织袋，而后，通通摊开在桌子上以及铺了塑料布的地上。几乎同时，她俩将手掌贴在裤子上，使劲擦了擦，附身凑近闻，再捏起一片片鲞细细闻，熟练地用手掌丈量，并轻扯乌贼须，不时低声交流。

时间一分一秒地过去，鲞的鲜腥味在热烘烘的空气里弥散。高个子女人靠着桌子边，报出了价格，她俩定定地看向母亲，嘴巴紧抿着，很严肃的样子。母亲没有迟疑，直接说可以，顿时，两个女人像卸下了一担货物，身体变得轻快、柔软，动作利落，话也多了起来，矮瘦的那一个看起来尤其开心，一把抓起之前扔在椅子上的毛巾，把头发和脸通通揩了一遍，说要是都像我们家这么爽快就好了。她笑起来眉眼弯弯的，黝黑的皮肤衬得牙齿很白。

两个女人弯腰收拾鲞，把乌贼鲞重新串起来，跟母亲有一搭没一搭地聊着。她们说话跟我们差不多，只是音调略不同。顺着话题，说到了前面一家，高个子女人有点激动，两条眉毛差点打成结，语速快，声音也大了，大意为那一家太难谈，人家的鲞是鲞，他家的鲞是金子银子，开价那么高，还一口价，一分都不让，要都这样，收购的人没活路了。继而感叹这一趟挺难的，最开始找了两三家，均落了空，被别人抢先了，另外一家货又太少，说着她眼睛瞟向门外那半袋子。拐进我家这条小路是碰碰运气的，还好，总算有收获，不然，两人恐怕得亏掉路费。

乌贼鲞一一过秤，装进大麻袋里，袋口用麻绳缠绕数圈后系紧。鲞分别以每斤2.1元和2.3元的价格成交，她们从缝于衣服内的兜里摸出个小袋子——折得方方正正的钱袋子，一点一点打开，抽出大大小小几张票子，数了几遍，才递给母亲。

矮瘦女人攥着袋子，喃喃自语，幸亏里面垫了塑料袋，要不钱都被汗水浸湿了，正说着，手里变戏法似地多了一粒小糖，非要塞给我。

待稍稍喘口气，两人从裤兜里掏出了淡包（方言，馒头），向母亲讨凉开水喝。她们叫母亲大姐，其实跟母亲年纪相仿，均三十多岁的样子，那年月，称呼对方稍大点，有表示尊敬的意思。母亲端给她俩一人一碗凉白开，过后领会过来，她们这是将面包就水当午饭了，遂邀其一起吃个便饭，锅里已焖着米饭，再做个蒲瓜虾米汤即可。起先，两个女人齐齐摆手，觉得不好意思，最终拗不过母亲，跟我们一起吃了饭。

饭间难免聊及收购鱼鲞的种种，她们东一句西一句，有时轻笑，有时叹息。高个子女人曾被冤枉在秤上做手脚，实在气不过，跟人吵了一架，吵到差点动手，她的声音又拔高了，两颊倏地蹿上一团火红色，仿佛残余的怒气急速膨胀，忍不住冲了出来。矮瘦女人笑她胆子挺大，敢在人家的地盘上撒野，转而说吵个架不算事儿，又没什么损失，她就倒霉了，有一次，收完一担鲞，走到半路上，突然下了场雷阵雨，她挑着东西，根本跑不快，麻袋淋湿了，里面的鲞也遭了殃，白忙活一天不说，难过的是，钱亏进去了。她讲得慢，嘴角勉力朝上弯，眼里似有水汽，像刚被雨水浸润过。

母亲夸她们能干，会做生意，两个女人有点难为情，说，不过就是买进、卖出，赚点差价，算不得生意，做点贴补罢了，为了过日子。

她们拿过倚在门外墙角的扁担，挑起鲞，走下我家的台阶，走出我家的院子，我这才发现，矮瘦女人轻微跛足，她的左脚着地时间短，右脚重重压在地上，担子将她的一边肩膀压得更低了，身体稍稍倾斜，让人担心若有一阵风斜扫而过，瘦小的她会不会陡然倒地……

临走时，两个女人说下次还来我家收，这个话听过就算了，以前也有收鲞的这么说。岛上那么多户人家，下一回不一定能找得着。浦门的收鲞女人往往来时成群结队，上岛后单打独斗，两人同行已属少见。她们讲究效率，以渔民家为主要目标，再加上离码头近，路好走等条件，尽可能做到省时省力。这几样我家均不占。

小岛相对闭塞，平日里少有外来之人，成批的收鲞人到来，犹如从海上刮来了几阵风，"呼呼呼"窜走于小岛，多少闹出了点动静。待夏季一过，她们则齐整整地消失，风过无痕，岛上的日子恢复如常。

收鱼鲞的女人会在冬季再次出现。曾经有几年，鳗鱼资源比乌贼丰富，鳗鱼多而肥，成鲞后，宽度足，肉质厚，鳗鱼皮皱皱的，泛着银子般的光泽。收鱼鲞的女人一见这样的鳗鲞，眼里倏地闪过亮光，急吼吼脱下白色棉纱手套，轻抚着鲞，却假装淡定，试图探出卖主的心理价位。

某一回，一收鲞女人嫌那户渔民家报的价格略高，想着去别家看看再说，走到半路还是放不下，毕竟那些鳗鲞大且外形佳，又风干得刚刚好，遂折返，结果，鳗鲞已被别人定下了，好鲞太抢手，她又悔又气，扭头疾走了老远。这是她后来在我家收鲞时所讲。父亲制的鳗鱼鲞也不错，她算是得到了补偿，心情随即阴转晴,一屁股坐在那把响得"吱吱扭扭"的竹椅上,跟母亲聊了不少。从她嘴里得知,我们岛上的鳗鲞已美名在外,收鲞的女人之间隐约有了竞争,谁不想抢先一步拿下价格合适的好鲞呢?

冬天的暖阳和西北风,成就了一条条好鳗鲞。鳗鲞体积大,不比乌贼鲞好存放,母亲将其装进编织袋后挂起或靠墙摆放,以免损坏外形。我家的鳗鲞不多,母亲也就显得不那么着急,不像村里渔民家,常关注路上有没有收鲞人,碰到了主动说家里有鲞,可来一看。对于价格,父母亲想法一致,有点赚头即可,用不着太计较,又不是专门做这个生意的。

矮瘦的收鲞女人上门时,叫了声"大姐",语气挺热切,我们怔了一下,她将粗扁担抵在靠门的墙角,急急说自己是夏天来收过乌贼鲞的,母亲瞬间认出了她,搬了把有厚坐垫的椅子,她没有立即坐下,而是脱去棉纱手套,掏出一把糖果搁在了桌子上。她变白了些,似乎脸也圆了,一笑,依然眉眼弯弯。

母亲拎出鳗鲞,说幸好没被收走,矮瘦女人的眼光牢牢粘在了鳗鲞上,手指捏厚度,手掌比宽度,她的几根手指长了冻疮,又红又肿,却丝毫不影响干活,翻鲞跟翻扑克牌似的,一条条从这边挪到了那边。之后,再一条叠一条,数条为一捆,绳子绑于接近鱼头和鱼尾两处,不紧不松。母亲和她一起把鲞装进麻袋里,扎紧,麻袋被撑得东凸一角西鼓一块,形状甚怪。

提及夏天一起来的高个子女人,"因为要照顾生病的家人,没法出来收鲞了",矮瘦女人叹了口气,"这个生意不做也罢,收购站那边又是挑刺又是压价的,刨去路费,赚不了几个钱。"

转而，她又苦笑道："真要放弃呢，也不甘心。"

下我家的台阶时，母亲坚持帮她挑鲞，她跟在母亲身后连连道谢。穿了厚裤子厚棉鞋，她走路姿势略笨拙，似乎跛得更明显了。在院墙处转弯时，矮瘦女人挑着担，回头朝这边笑了笑，而后她穿着米咖色棉袄罩衫的身影闪过墙角，倏忽不见。

那个时候，近海渔业资源已经式微，各类海产的产量逐年减少。收鱼鲞女人挑着的一担担鲞，从数量到个头，一年不如一年了，她们肩上变轻了，心里空落落的。在码头上，她们碰了头，迫不及待说起各自收到的鲞，甚至解开绳子扒开麻袋互相看上一番，相差无几。她们明白，如前些年那般上好的鲞终究不会再有了。

第二年，矮瘦女人又来过一次，那是我家最后一次卖鱼鲞。再接下来，连渔民家也没鱼鲞可卖了。到20世纪90年代，制鲞变得颇奢侈，晒上一点，自家解馋都够呛。自此，收鱼鲞的女人就像某种绝迹于海里的鱼，再也没在岛上出现。

药丸

母亲描述起那种药丸，花花绿绿，小小的，甜甜的，杀病毒于无形。要是吃了那颗药丸就好了——母亲总这样说。她的叹气声不重，尾音却拉得长，像是被从肺里慢慢勾出来，幽幽地散在空气里，最后，一声一声抵在了屋顶。

那颗至关重要的药丸没有如期发放，母亲去村里保健站要过一次，恰逢保健站全员出去打预防针，吃了闭门羹，之后，她忙于生产队的活，托奶奶领取，不知何原因，奶奶也未达成，这事便搁下了。母亲存了侥幸，我还幼弱如邻家的小猫，药丸晚几日吃应不打紧，且认为保健站的人总是有见识晓分寸的，准会在某个期限内完成发放，却怎么也想不到，很快，她将见证，一颗被忽视的药丸怎样证明自己的存在，以一种残酷而决绝的方式。

我在某个夜里突然发了高烧，病毒猛兽般伏击了稚小羸弱的身体，一周岁多的小人儿蜷在床上，全身的皮肤似被用力搓擦过，红殷殷中透着微紫，热汗放肆地从每个毛孔冒出来，不断冒出来，母亲只好脱去我濡湿的小衫，那一刻，她的女儿活像一只刚蒸熟的小动物。我还不会清楚表达，光知道拼了命地啼哭,岛上医院对着急慌慌的家人,轻描淡写地下了诊断:普通的感冒发烧,打退烧针吃退烧药。父亲怀疑是那个专找儿童的传染性疾病,医院不以为然,理由是,彼时并非那病的高发期。

一种疾病被误诊,病症迟早得出来踢场。看似退烧的我开始抽搐,继而鼻子发黑,呼吸微弱,医院束手无策,下了病危书,在父亲签了自担生死风险的保证书后,院方才继续挂针救治,待稍稍好转,父母亲立马带着我出岛治疗。辗转于宁波、上海等地,各医院均确认了父亲的怀疑,这种病毒专门欺负小孩,它经由我的口咽或消化道潜入体内,在胃肠内疯狂复制,然后,入侵运动神经细胞。医生给了最终"判决",治疗过迟,运动神经细胞受损严重,难以逆转,而一颗口服的疫苗糖丸被着重提及——那颗我未及时服用的药丸,它能在肠道细胞内繁殖,使其产生抵抗病毒的抗体,以达到可靠的预防。

从此,那颗药丸化作了空气,它浮在窗棂墙壁上,附在衣物被褥中,溶在一日三餐里,隐于言语和叹息间,它看不见摸不着,却无处不至,无时不在。

从记事起,我便知晓了那样一颗药丸,一颗与我的命运息息相关的药丸。它不断变异,生出钩子,结出寒冰,一下一下地钩刮母亲的心,一遍一遍输送刺骨的寒气,它甚至长成了母亲身体的一部分,如影相随,它更使母亲活成了复读机,令她反反复复斥责保健站的失职,庸医的无能,还有自己的疏忽,唠叨和长吁短叹侵占了她的生活,绵绵不绝。

我喜欢彩色弹子糖,黄色粉色绿色橙色白色,大大小小,滚圆蜜甜,打开透明包装袋,一股诱人的糖香绕着鼻子起舞。

我常常纠结于先吃哪个颜色的,一颗一颗摆在手心,母亲说过,弹子糖跟药丸长得像,味道也差不多,又香又甜,弹子糖可以随时吃,可以吃很多颗,而药丸一旦错过,就永远不必吃了。母亲把半包弹子糖推至一边,说:"你要是吃了那颗药丸就好了。"她背过身,好一会,叹出一口气,头低垂着,肩慢慢塌下去,好似那口气是被狠狠抽出来的,抽空了她的身体,以致脚步都那么虚浮。

弟弟看向药丸,大概以为是平日里常见的弹子糖,兴奋地一把抓过,母亲哄他松手,郑重地将药丸放在陶瓷调羹里,用凉开水溶开,让他一点一点服下。弟弟舔舔嘴唇,对药丸的甜味恋恋不舍,母亲则在空空的调羹里又倒上了凉开水,轻晃几下,弟弟巴巴凑过去,喝完,再倒,喝完,再倒……寡淡无味的凉白开终使弟弟开始抗拒,母亲瞬间严厉起来,弟弟再哭闹也无济于事,硬喝都得喝,不浪费一丁点儿才能发挥最大的预防作用。末了,母亲捏起调羹贴近鼻子细闻,确定已无任何气味才罢休。那个调羹看起来光洁如新,像刚被用心清洗过。

弟弟的药丸是母亲上保健站"吵"来的。母亲掰着指头数日子,就怕错过服药丸的时间,越临近,她越不安,上了发条般每天念叨数遍,可念叨没能让她获得片刻安宁,相反,渐渐地,焦灼和忐忑变成了一条毒蛇,缠住她,噬咬她,而保健站那头仍然毫无动静。终于,一向顺服呆板的母亲气呼呼冲了过去,她的身体和声音都打着战,质问为什么又没有如期发放药丸,她的女儿已经那样了,难道还要误了儿子?保健站的答复是,年龄未到。母亲急红了眼,自己的儿子多大竟然还要别人说了算,她明白跟那些人一时讲不清，遂跺着脚吼了一声："那你们欠我女儿的那颗总可以还回来了吧？！"

后查实，是大队里上户口时搞错了弟弟的出生日期，阴历记成了阳历，又将错误的生日报给了保健站。母亲这才想起，怪不得分配下来的粮食一直是缺的，发下的粮食斤两跟儿童年龄成正比。她心有余悸，粮食少了便少了，药丸不可出一点差池，年龄的失误可直接造成药丸失约，她绝不能让儿子栽在一颗同样的药丸上。

母亲不敢松懈，双眼恨不得粘在弟弟身上，弟弟从摇摇摆摆走路到奔跑如飞，她的心始终被一只无形的手抓着，唯恐那只手随便一甩，心会摔得四分五裂。她时常从梦中惊起，黑暗中摸着床上的一对儿女，再点上美孚灯，看上一番才继续躺下。后来，母亲开始做同一个梦，梦到去窝里捡鸡蛋捡鸟蛋，每一次，都有一个蛋是碎的，她说我就是那个碎蛋。别的蛋会孵出小鸡幼鸟，碎蛋只能孤单地窝在一角，成为异类，未来渺茫如烟波。

那时，母亲还相信，碎蛋是能修补好的，或者说，她竭力给了自己一个希望。上海的医生提过，等我长到七八岁时可尝试动手术，那句话像茫茫大海上骤然显现的岛屿，让人觉得只要努力泅渡过去，终能到达。等待的日子多么漫长，父亲和母亲挨过一天又一天，好不容易，我六岁了，他们实在等不及，再一次将我带往上海。对于上海，父母亲怀有宗教般的恭谨和虔诚，那个城市决定着他们女儿的命运能否就此翻盘。

灰暗的生活仿佛掀开过一角，光亮远远透进来，但终究跟海上乍现的岛屿一样，极有可能是海市蜃楼，只给人以虚妄的幻想。经过会诊，上海的医院认为动手术的意义不大，意思即，这孩子这辈子就只能这样了。母亲靠在雪白的墙上，久久没动，她挪过来，抱起我，呆呆盯住地上某处，沉默不语。回码头的路上，父母亲也没说一句话，只顾木然地往前走，往前走。

另一种药丸出现得毫无征兆，赶在我们从上海回来后不久，好像特意为慰藉父亲和母亲而至。供销社主任与父亲相熟，那日掏出张报纸，指给父亲报上一则广告，说专门针对你女儿那种病的。父亲接过细看，一种中药熬制的药丸，由湖南的中医研制，写得挺中肯，不浮夸，想及中医的悠久、神秘，父亲当即抄了地址，兴冲冲去邮局汇了款。

一瓶药丸自湖南出发，翻山越岭，漂洋过海，历经半个多月，到底抵达了浙东沿海的偏远小岛。药丸呈黑棕色，个头如小核桃，乍一看，像一粒粒羊粪蛋挤在透明容器里，满满一大瓶。打开，浓郁的中药味倏地散逸，一时间，似乎连吸进的空气都有了苦味，这样的气味让母亲心安，她以为，药味越浓，疗效越好。

按照说明书服用，一天一颗。药丸颗粒大，不可吞服，母亲每次都碾碎了拌上白糖，盛于调羹，嘱我嚼一嚼再咽下。白糖那点甜根本奈何不了稠浓的苦，苦味和难以形容的中药味在嘴里恣肆漫开，我眯起眼睛，眉头紧蹙，整个脸皱成了小笼包，父亲和母亲紧张地蹲在我面前，生怕我吐出来，他们的五官聚拢在一起，也被苦到了似的。父母亲一边安慰鼓励，一边利诱，承诺给买好吃好玩的，我咽下后，他们的脸明显舒展开来，像揉皱的纸一下子熨平了。调羹里自然不能剩下碎末，得再加点白糖，用舌头舔净。好半天过去，那股苦味仍在我嘴里徘徊，连打的嗝都是苦的。

母亲忆及当年,总说我吃药时如何乖,"咕"地咽了下去。黑不溜秋的药丸简直难吃到让我刻骨铭心,之所以每回顺从地服用,不忍辜负父母亲殷切的讨好的眼神为其一,再者,我对康复后的自己也有了期待,如家人亲戚描述的,吃完一大瓶药丸,我就可以独自出门遛弯,可以跟小伙伴们一起跑跑跳跳,可以爬山摘野果子了。

其实,大家都明白,此药丸替代不了也弥补不了彼药丸曾经的缺失,已遭受破坏的运动神经元、脊髓细胞岂是药物能修复得完好无损的?母亲说,人心是一寸一寸死的,她早已不奢望我可以健康如初,只盼着通过中药调理,后遗症能减轻些,往后的生活里,我行动起来可以不那么困难。

自我服用中药丸,父亲和母亲便想象着药丸缓缓进入我的食道,驻留于肠胃,被吸收后产生某种神奇的物质,它们会查漏补缺,自动奔赴身体里的受损部位,偶尔刺激到某块肌肉,便使其恢复一点功能。他们对我观察入微,一旦我的惯常动作或坐姿跟平日里略有不同,就会颇激动地让我重复做,以检验幅度、敏捷度等是否强过之前,还不时捏捏我的脚趾,弹弹我的脚底板,敲敲我的膝盖,神情庄重得像在举行某项重大的仪式。

药丸终究辜负了父亲母亲,它们一颗颗奉命从瓶子出使至我的肠胃,千方百计到达了目的地却没有完成任务,它们对已造成的运动障碍无能为力。

药丸吃光后,那个透明瓶子有时被摆在灶台,有时搁在窗台,它依然沉甸甸的,装满了母亲的叹息声。

风从海上来

∨
∨

在表舅的描述里，外国货轮庞大气派，父亲工作的货船跟其相比，犹如小土坡面对巍巍高山，绝非同一级别。彼时的表舅二十出头，刚进入放船队不久，肥皂黄制服和大檐帽衬得他那么意气风发，制服的铜扣子闪闪发亮，扣子上凸起的图案为一头锚，帽徽上亦有。作为停稳船舶的器具，锚是一种象征，又似提醒，表舅这样诠释：开着船乘风破浪后，还要停靠得稳如磐石。

表舅所在的放船队经常接船回到岛上的修船厂，包括来自国外的万吨货轮，我们简称外轮。外籍船员驾驶报废的货轮到宁波北仑港，港监做完检验，由放船队开回，而后，等着被修船厂一一拆解。钢板可再利用，这也是回收报废外轮的主要目的。

在那个20世纪80年代的偏远小岛，表舅从外轮上带来的东西令众人两眼不够用，稀奇得不得了，艳羡他那份工作者大有人在，艳羡的核心自然是可近水楼台先得月。当年，舅舅阿姨们尚未成婚，家族里小孩甚少，少，则贵，则得益，我和弟弟理所当然地享用了表舅的一部分稀奇货。

姐弟俩曾分得一人一个圆球状的玩意儿，玫红湛蓝两色，表面光滑锃亮，可挂可拎，落在地上会弹跳，母亲研究了半天，说，莫不是外国的灯笼吧？遂挂在了床前。我睡前看，睡醒看，怎么看都好看。过年去舅婆家，那张老式木雕床上吊了一排"外国灯笼"，红的绿的紫的蓝的，像荒僻之地盛开了一片繁花，分外耀眼。然再美的物什也难让孩童抱有长久的热情，唯吃食可以。起初，我对那两种黑白分明的所谓糖果持怀疑态度，心想，会不会表舅搞错了。在我们的认知里，糖果应由花花绿绿的纸包裹，里面的小糖呈琥珀色或乳白色，且有果香味。所以，当母亲掰下黑色的一块递来，我搁手心犹豫了几秒才入口。随着它不紧不慢地在舌尖化开，一种全新的味觉体验开启了，浓稠、丝滑、香软，甜中带苦，余味悠长。纯白那款则装于四四方方的盒子，每一个糖块也都方方正正，并叠得齐齐整整，大小厚薄一模一样。我拈起一块翻来覆去地瞧，似是白砂糖黏合而成，然糖粒又绵细得多。它甜得纯粹、笃定，无任何其他香气和味道，让人无端生出信任感。

数年后，一黑一白糖果的身份终被彻底揭开——黑的叫作巧克力，主要成分为可可脂，白的即方糖，是专门用以加在咖啡里的糖，知晓谜底的兴奋却并没维持多久，随之而来的是略微的失落，好似童年时藏得好好的宝贝，竟一下子以普通的身份示于人前了，神秘感未能延续不说，还从心底隐约传来个声音：小岛上的孩子毕竟没见过多少世面。

表舅和父亲偶会聊及关于外轮的若干情况，小小的我支起耳朵听，兀自想象，继而甩出一连串疑问：坐那样的巨轮也会晕船吗？货舱大到什么程度，可以在里面骑自行车吗？黄头发高鼻梁的外国人一天吃几餐？他们为什么不吃米饭？……大人们忙于自个儿的事，对一个小孩无关紧要的问题敷衍而过。

弟弟比较幸运，有一个偶然的机会得以亲见巨轮，还上去一游。那次，父亲他们的货船接到任务，带港监去北仑，当日可回。弟弟想去船上玩，父亲便应允了。中途接上了港监，为免麻烦，弟弟藏于父亲的床铺里，抵达北仑后，货船恰好停靠于外轮旁，港监忙着办理检验手续等，弟弟趁机跟随父亲他们爬上梯子，进入了外轮。

回来时，父子俩如打了胜仗般，拎着抱着一堆"战利品"，父亲戏称一群强盗扫荡了外轮。港监之所以睁一眼闭一眼，是因为货轮里留下的物品，均不是值钱的重要的，不拿走也是要处理掉的。物品无非一些食品和日用品，为外国船员开航途中所需，他们顺利开到目的地后，交接完成，便乘其他交通工具回去了。

"战利品"主要为罐头，多个铁皮罐头。岛上有诸如杨梅罐头、黄桃罐头之类的水果罐头，也有凤尾鱼等海鱼罐头，那般的蔬菜罐头真是头一回见，认出了带豆和番茄，其他确定不了，反正看起来尝起来都差不多，颜色是旧旧的绿，味道不咸不淡。父亲和母亲灵机一动，尝试再次加工，倒出一罐，用平常炒菜的方法来一遍，依然难以下咽。除了唯一的肉罐头（鸭肉或鸡肉），经父亲加热后喷喷香，吃得一点不剩，蔬菜罐头全军覆没，无一被海岛人的胃所接纳。一家人围着罐头，惋惜又失望，我那会开始同情外国人了，没米饭就算了，还天天吃菜罐头，可真够要命的。两罐番茄尤其大份，搁置于羹橱下几个月后，终究是丢了，实在吃不惯。很多年后，当我接触了番茄酱这种食品，脑海里灵光一闪，当年那两罐番茄，莫非就是番茄酱？

两卷纸是混在罐头里而来的，我们注意力集中在罐头上，忽视了一旁的它。父亲和弟弟卖起了关子，两人同时眉眼上挑，一副谅你们也猜不出来的样子，弟弟沉不住气，眨眨小眼睛，告知纸是上厕所用的，字与字之间故意拖了长音。母亲跟我一样地诧异，那么洁白、薄软的纸啊，还妥帖地卷成筒状，她认真摸了片刻，过后，有了主意，要藏起来给我们写毛笔字。

某一年，我突然想及此事，在记忆里搜了一圈，没打捞到用卷纸写毛笔字的踪迹，问母亲，她也糊涂了，说若没用来写毛笔字，那总不会藏着藏着就飞走了吧？

自从去过外轮，弟弟吹牛的资本丰厚了不少，把平日里一起玩耍的伙伴唬得一愣一愣。巨轮到底有多大呢？弟弟说没看到过边，一进里面，像闯入了村子，好多房间，讲话还能听到回声。后来，我们讨论的重点开始偏移——海的那一边有什么？过几片海能到外国？坐船是不是可以去任何地方？……答案五花八门，个个献出了丰富绝妙的想象，最后相约，长大后造个大轮船，一起坐着轮船去全世界吃好吃的，玩好玩的。

临近20世纪80年代末，父亲的船开始频繁跑汕头，不只父亲的船，岛上的好些货船都如此，不是去汕头卸货，就是要从汕头运货，那两年，汕头，这个我们之前没怎么听过的城市，迅速地在一个东海之滨的小岛上声名鹊起。名由服装而起，那些来自汕头的衣服，像在岛上点了一把猛火，让一颗颗爱美的心沸腾不已。

父亲的船每每泊于汕头某港口，走上码头即达一个广场，那里相当于自由市场，摊位若云，人流如梭，服装摊最多，吆喝得也最起劲，倘若顾客挑得不过瘾，待早市结束，摊主还会邀请其去附近自己家，说家里货色更多更全，选购起来更方便，那股子热情，完全不受那点语言障碍的影响。

久经沙场的船员们对还价这个事儿毫不含糊，摊主漫天要价，他们就往死里砍价，比如对方要价50元，那就还10元一件，一般15元到20元能拿下了，冬装自然再贵一些。至于跟去摊主家选购，父亲实践几次后总结出教训——能不去则不去，划不来，还有风险。家里往往光线不佳，应该是故意为之，这样一来，衣物上的小破洞小补丁小染色便不易发现，买回来只能自认倒霉，再者，有时难免挑得时间较长却没看中，或者选好了但谈不拢价格，摊主的脸上掩不住愠意，周遭的空气都变得冷飕飕的，一句话不对付，随时可能爆发。虽有几人同行，万一发生冲突，后果不堪设想，毕竟，强龙也斗不过地头蛇啊。

那些衣物并不是全新的，多数七八成新或以上，为收购来的二手衣，冲着款式新颖、质地好、价格便宜的特点，岛上的人们几乎没有扭捏，迅速悦纳了它们。从衣服的料子款式等，一看即知非本国货，而尺码适合亚洲人的身材，大家对衣服的来源国度基本明了了，偶得西装内衬处的标签、文字，也让猜测得到了证实。海员中不知哪几个起的头，反正，一批又一批的衣服从汕头的摊头来到了偏远小岛，男式女式儿童，大衣西装羊毛衫衬衫裙子，共同形成一阵突如其来的风，席卷了岛上的角角落落。

在同船的海员中，父亲算是购买力强的一位，因为我有一堆的舅舅阿姨表舅表姨，他们正当年轻，对新潮的服装充满执拗的热爱。父亲出海一趟回来，得了消息的他们就会来家里看衣服选衣服，试穿、争抢、调侃，一屋子笑笑闹闹。最开始，父亲凭自己的审美随意买，如燕子衔泥般，陆陆续续带回来几件。渐渐地，随着亲戚朋友邻居纷纷加入，局面开始失控，父亲和母亲常常保不住自己心仪的衣服，不是被这个强行脱走，便是让那个缠得没办法，只好忍痛割爱，还不忘自我安慰：买走就买走吧，下回再去汕头挑。然好看的衣服也可遇不可求，毕竟，在汕头的二手衣摊头里，很难找到同款同色。

表舅依仗跟父亲身高胖瘦差不多的优势，多次将父亲为自个儿精心选购的大衣和西装占为己有，条纹的、格子的、深蓝的、浅灰的，款式颜色各异，他本就长得英俊，得体新潮的衣装为其锦上添花，更显翩翩风度。得了衣服，表舅嘴角微翘，眼睛微微一眯，鱼尾纹浅浅地聚着，他一个转身，锃亮的皮鞋从我家台阶轻快而下，鞋底弹性十足，一忽儿，风一般消失在院门外。表舅就像个活广告，他同学、朋友、放船队的同事看了心痒，一问价格又如此划算，遂托表舅让父亲帮带，父亲一脸苦笑，这般红火，若是做生意就好了。

到后来，大伙儿的眼界高了，要求也多了，在现有的衣服上指指点点，或领子改动下，或长度再短点，或颜色鲜亮些……总之愈加讲究了。二姨甚而拿出杂志和挂历，指着明星的服饰说要类似款。父亲备了个小本子，在上面记记画画，每去汕头，他责任重大，试着找相对符合要求的衣服，还好，因为经常光顾，那里的几家摊主也颇热心，会帮忙留意。那会儿，家族里就他一个海员，是见过世面最多的人，也是时而带来惊喜的人，父亲愿意做得尽量完满些。

在汕头的那个早市，小孩的薄衫都随随便便堆在地上，分"一元堆""两元堆""三元堆"……同一堆里，衣服价格一样。我那件短袖衫是父亲费了不少工夫淘来的，五元一件，米黄色，从未见过的面料，滑软，亮泽，略薄透，加上可爱的泡泡袖，精巧的彼得潘领，看起来有那么点贵气。阿姨们说我穿上跟洋娃娃似的，我觉得自己就像个公主，那就叫它"公主衫"吧。另两件长袖衬衫均为飘带领，可在胸前打上大大的蝴蝶结，我比较中意金黄底白色小圆点那件，另一件面料倒是滑爽，不粘汗，然花纹夸张，颜色纷杂，显得老气，母亲却说特别好，耐脏、好洗、易干。自此知道，有时候，大人认为的好跟小孩的完全不一样。

去上学，进教室粗略一瞄，捕捉到了熟悉的来自异域的气息，课间，几个女孩凑一起，摸摸衣服，问问价格，根据大人透露的信息东拼西凑，汕头那些衣服摊的繁荣旺气仿佛就在眼前。其中一个女同学，甚爱美，头花都比一般人多，她身上的米色背带裙明显偏大，腰间处用别针别起一截，搭配的浅粉色衬衫则为普通样式，是岛上裁缝做的。她噘着嘴说平时穿过不少姐姐的旧衣，好不容易来了几件外贸货，却只有一件大小适合她，其他都归姐姐，她气不过，便偷穿了姐姐的背带裙。她称汕头来的衣服为外贸货。女同学倚在课桌旁，愤愤不平过后，开始祈愿自己快长大，长大了就可以把那几件外贸货都穿了。

岛上开服装店的个体户瞄到了商机，找机会坐顺风船去汕头进货，直挑得头晕眼花腰酸背痛，衣服被粗暴地装进大编织袋，好几大袋一次性运回来。服装经整理、熨烫，或露洗、处理，风风光光地挂在了店里的衣架上，店主声称都是孤品，卖掉就再没有了。店里挤满了年轻人，乱哄哄中传来讨价还价声，一来一去，高高低低。父亲悄悄说，拿货多更便宜，赚了不少。

　　许多次，我在码头看着船只从天和海的交界处出现，一艘，又一艘，像浩渺大海中落下的几粒黑豆，潮润的风搂着船只一路前行，"黑豆"愈来愈大，随海流浮沉、摇晃。我知道，它们中的一些，终会携着希冀和奥秘，停泊于这个小岛的海岸。

江湖艺人

一

人们被嘈嘈的敲锣声引来，闲闲散散地占领了晒谷场一角，自动围成个圈儿。圈子中央，腰扎红绸的男人边作揖边扯着嗓子说话，听的人半懂不懂，回应者寥寥，他干脆又拎起了锣，敲得"喳喳喳"，示意越围越拢的人群朝后靠。场地够不够大，似乎得两个女孩连续翻跟斗来丈量，随着密集的锣鼓声，瘦小的身影弹跳、腾空、翻转，如鱼儿在海里游跃，跟斗从这头翻到那头，从左边翻到右边，横的竖的斜的通通来一遍，赢得阵阵喝彩声。场子就这么热了。

天气倒不热，入秋有些时日了。天阴着，像一张不大开心的脸高高挂着，我自然是开心的，哪个小人儿不爱瞧热闹呢？母亲抱着我挤到了最前面，跟旁边的婶子攀谈起来，说这些搞杂耍的外地人真会选时间，三点左右，午休的醒了，做晚饭还早，怪不得可以哄那么多人过来。我扭了扭身子，以示抗议，可不喜欢在认真观看时受干扰了。

场上的人拥有十八般武艺,且能说会道。节目一个接一个,打着赤膊的男子舞动长矛,扭腰斜挑,飞身劈刺,舞得空气"刺刺"作响,矛上的红缨如蹿动的火苗,红影缭乱。突地,又一人跳上去,两人对打,闪展腾挪,时缓时急,人群中不断有人叫好。他们很会见缝插针,适时插段话,诸如"在家靠父母,出门靠朋友""山不转水转,水不转人转""有钱捧个钱场,没钱捧个人场"之类,声音高亢,盘旋于晒谷场的上空。

翻跟斗热场的两个女孩再次出场,一大一小,大的已是亭亭少女,小的看上去最多比我长两三岁,她俩的身体里似装了弹簧,上肢后仰,头朝下,手掌撑地,整个身体呈拱桥状,而后,或迅速弹起,或囫囵儿翻身,凌空一跃时,衣袂飞扬,我脑海里突然浮现电视里女侠的模样,那个剧是在邻居家看的,叫《偏向虎山行》,心想,她们以后肯定要去演女侠的。

有人搬上了狭长的木头长凳,长凳下摆了两个杯子,各插一支塑料花。两个女孩儿站于长凳两端,瞅准位置,齐齐下腰,脑袋靠近杯子,脸一偏,塑料花便叼在了嘴里,待直起身,站稳了,伸展双臂,从凳子跳下,红色的花依然绽放于唇上,两张小脸泛起轻松的笑意。

长凳上又加了长凳,像一条凳子背着另一条凳子,上面凳子的腿险险立在其下凳子狭窄的面上,没有丁点儿富余的位置,凳子腿稍一挪动,可能就会翻下来。大女孩从地上拾起插了花的杯子,摆放在第一条凳子的中段,她往后退了两步,盯了数秒,又上前把杯子往边上移动了下,这才试着爬上凳子,方才舞长矛的男子扶了她一把,转眼,她已把两条凳子踩于脚下。这回,小女孩没上去，在不远处看着。

我稍稍仰头，着粉色衬衫宽松裤子的大女孩在上面踢腿、倒立，神情淡定，动作平稳，她张开双臂时，还以为是落地前的预备动作，不曾想，她微微屈腿，身体开始缓缓向后仰，弯到一定程度，两手撑在了凳子上。她的腰软如海绵，身体带着脖颈和头继续向下，四周发出的赞叹声是轻的弱的，像几粒细沙丢进河里，几乎见不到涟漪荡起，大家生怕惊扰到她。

意外发生时我有点懵，随着人们"啊呀"一声惊叫，恍惚看见有两三只乌鸦惊惶飞过。大女孩掉了下来，砸在晒谷场的水泥地上，上面那条长凳亦随之倒下，歪在一旁，小女孩箭一般蹿过去，比他们中的两个男人都快，小脸紧绷着，蹲下拽住大女孩的衣袖。大女孩垂着头，捂着痛处，颤抖着试图站立，腰扎红绸的男人搀起她，轻声说着什么，表情严肃，甚至像在责备，女孩用手背擦了下眼泪，点点头，歪斜着身子走了几步。倒地的椅子被重新搬了上去，女孩顾不得掸掉裤子上的灰，再次攀爬。人群骚动起来，几个声音石子般掷向场上："还上去啊，吃得消吗？""让她休息下！""看着就挺疼，换个节目呗！"……腰扎红绸的男人做出个手势，意思是大家保持安静，那些声音才不大情愿地隐下去。

女孩好像并未受周围影响，在凳子上从容重复着之前的踢腿、倒立等，当她又做下腰叼花的高难动作，四周变得格外静寂，我紧张得攥紧了拳头。女孩肚皮顶起，把自个儿弯成个半圆，再如拉皮筋似地拉长肩颈，往下探，从我这个方向看去，像倒挂在那。她终于咬住了置于第一条凳子上的花，我轻舒了口气，但还没彻底放下心，待其将"半圆"还原成"直条"，安全落地，大家的掌声方大胆放肆地响起。

随后，有人猛敲一阵锣，嚷着"有钱捧个钱场，没钱捧个人场"，同时，数人上场，各自出拳扫腿，跃跳打转，下腰叼花的大女孩把锣翻过来，圆盘似的，捧着走向观众，硬币掉落于铜锣的"叮当"声不断，她不时鞠躬致谢。终于轮到我们这边了，两枚硬币已被我的手心捂热，我极其慎重地将它们放进"圆盘"，她垂着眼，紧抿嘴唇，眼周有些发红，一边脸略肿，隐约有乌青，可能觉察到了我的注视，她抬起眼，又快速垂下。女孩穿过场子把铜锣上交时，我发现她走路不大自然，一条腿总是屈着，母亲在旁说，唉，这么摔下来哪能不受伤的。

散场了，我死活不肯离开，母亲没辙，陪着我看他们收摊，两个女孩跑前跑后，搬道具，绑凳子，把零碎物件装进大箱子，相当利落。大概已习惯了被围观，她俩做这些时目不斜视，好似这个世界除了他们这群人，其他人都不存在一样。

接下来的几天，我老缠着母亲问：表演杂耍的人从哪来？晚上住哪里？那些人中有女孩的爸爸妈妈吗？女孩不用上学吗？他们会给受伤的女孩医治吗？……多半，母亲也不知道答案。有时候，我跟弟弟不听话，母亲就说应该把我们送去杂耍团受受苦。

多年以来，我总会莫名想到那个女孩，一想及女孩，关于她的那些画面就会自动串起来，拉洋片似地在脑子里过一遍——她从高处跌落，她用手背擦去眼泪，她屈起腿走路，她发红的眼周脸上的乌青……

其实，那些年，有不少类似的杂技团到过我们岛上，但我再也没有见过她。

二

那时的夜晚，只要出现个灯火通明的地儿，那必是惹眼的，充满诱惑的，人们潮水般涌过去，将那一处围起来，暖黄色的亮光从人与人的缝隙间漏出来，远远望去，恍若一个大灯笼被遮挡了部分，呈现出一种影影绰绰的氛围。自外婆家回来的路上，我们就遇见了这么个"大灯笼"，那里的嘈杂声忽高忽低，一波又一波地飘过来，我和弟弟用手指往那个方向一点，态度坚决，父亲母亲明白，这回绕不过了，不然两个小人儿到家铁定哭闹不已，整晚都不用睡了。

父亲和母亲一人抱起一个，母亲还用胳膊将小小的我往上顶了顶，我的视线才得以穿越人群，落在打把式班子搭起的场子上。他们位置选得妙，刚好在大路凹进去的部分，那里相当宽阔，观众多了也不至于影响交通。电线不知怎么架起来的，大瓦数的灯悬起，旁边的树上也挂了灯，照得场上的人不大真实，像在梦里，在电影里，在一切够不着的地方。

旁边有人嚷嚷："这些人一看就是有真功夫的！"语气颇兴奋。话音未落，一年轻人鲤鱼打挺出场，手一扬，有人抛给他一个金属圈，并解说一番，意为这可是祖传的缩骨功，大伙儿要睁大眼睛好好看。钢圈已套进了年轻人的右腿，往上拎，至大腿处时，他猛地蹲下，弯下身，脑袋竟意欲钻进钢圈跟大腿争空间。顷刻，原本还算平静的周遭鼓噪起来，人们的声音里带着质疑、惊讶和不可思议，毕竟，那钢圈看上去比银项圈大不了多少，年轻人置若罔闻，他正专心致志地对付那个圈。

秋夜寒凉，我们都穿了较厚的外套，而他光着上身，额头好似还冒了细汗，在灯光下分外晶莹。随着众人的惊呼声，他的脑袋进入了钢圈里，与右腿紧紧相依，整个人看着甚是别扭，身体的几个部分像被强行焊在一起，圈子勒着脊子，让人觉得会随时窒息。他张着嘴巴，脸涨得通红，裸露的肌肤也发红，我差点要喊出"救命"了，他应该很难受吧？这要是摘不出来了怎么办？他抬不了头，不过可以伸出手，向观众招了招。那只手收回后便艰难地塞进了圈里，然后，塞另一只手。他义无反顾地将自己禁锢在一个圈里，看似卡在那里，只有前臂能小幅度摆动，然其肩部和后背一块块凸起的肌肉，手臂手背暴起的青筋，被抽了鞭子般越来越红的皮肤，无一不在告诉我们，他正调动全身之力攻克钢圈。大家唯有呆呆看着，大气都不敢出，场上场下一起静默，这样的场面实在难得一见。

时间一点一点过去，钢圈一厘米一厘米地挪过肌肤，已挪进一个肩膀，又一个肩膀，他屈着腿蹦跳一下，两下，左右肩膀扭来扭去，身上如抹了润滑油，圈儿顺服地慢慢下滑，至腋下时，他站起，身体前倾，与地面呈平行状，而后，双手抓住钢圈，推向臀部，稍微一使劲，钢圈痛快地掉落，就那么从左腿出来了。他举起钢圈，沿着场边跑了一圈，现场掌声如雷。

虽为亲眼所见，个别人还是心中存疑，会不会钢圈装有机关，趁人不注意半途偷偷放大了？仿佛料到有这种心思，年轻人站于场子中央，头随目光转了大半圈，最后，停留在我弟弟身上，他微微一笑，径直上前。弟弟被父亲抱着，正看得高兴，没想到场上的主角已在跟前，惊得"啊"出了声。年轻人比父亲高出大半个头，他用不怎么标准的普通话跟父亲交流，借了弟弟的灯芯绒外套，众人愣了几秒才反应过来，一个健壮的成年男子要穿下六七岁小孩的衣服，这谈何容易！

年轻人对各种声音报以镇定的笑容，他两手拈起外套的领子，抖了一下，抬起右臂，伸进窄小的衣袖，卡在了肘部，他似乎甩动了下手臂，很快，便能往上拉了，两个肩膀则像两只颠簸于浪尖的小船，晃动数下，衣服奇迹般穿在了他身上，只不过长袖成了半袖，外套变为超短的袄子。穿上弟弟灯芯绒外套的年轻人耍宝似地走过来走过去，还不时旋个身，灯光映照下，他闪闪发亮。全场沸腾了，这下，所有人都被折服，还有小伙子追着喊，要拜他为师。

外套还了回来，父亲不由得里外翻看，旁边的人纷纷凑过来，极认真地细查了一番，没撑破，没脱线，完好无损，遂感叹刚才的一幕简直像做了个梦。

彼时，会缩骨功的年轻人已穿上了薄衫，向观众一抱拳，瞬间转换了身份，开始报接下来的节目，他声音激昂，手势夸张，节目未上，气氛先渲染了起来。一壮汉上来就往地上一躺，另两人抬了一块石板压在他身上，又招呼观众下去验证石板的真假，还真有几人兴冲冲而去，忙不迭反馈："是真的，真的石板。"接下来，年轻人抡起大锤，果断砸在石板上，可能好些人还沉浸于他的缩骨功中，突然这么一砸，有点儿出乎意料。石板无恙,石板下的壮汉怎么样了?我的心悬了起来。不等人多想,又一锤下去,石板应声碎裂,壮汉抖落身上的碎块,一跃而起,在场子上来回蹦跶,表示自己一点事儿没有。

正当大伙儿情绪高涨,一个沉甸甸的大麻袋出现得猝不及防,会缩骨功的年轻人用上了喇叭,音量大且闹哄哄的,他从麻袋里掏出两包玩意儿,用姜黄色马粪纸裹着,说是草药,泡酒喝,可治疗跌打损伤,平时用,则强筋健骨。年轻人继续卖力吆喝,随后,胸口碎石的壮汉和班子里的另几人也一起助阵,大致意思是,他们自己亲身试验,绝对有效,年轻人更是拿出个透明的壶,内泡草药样的东西,给每人倒上半碗,场上诸位均大口喝下,以证明刚才所言不虚。

年轻人张口就来顺口溜:"有钱买药治伤强身,是你的福气;没钱买药赚个眼福,为我传名气。"一时之间,场下的观众化作了蜜蜂,"嗡嗡嗡"声不绝。"他们是真功夫,药应该不假"——多数人持这个看法,包括父亲。父亲以前也在江湖卖艺的那里买过药,薄薄的黄纸折成一小包,打开,一撮细沙般的棕红色颗粒,像红糖,泡水一喝,就是红糖。

但父亲深信这回定然不同,他们一身真功夫骗不了人,尤其是缩骨功,而且,再怎么着,草药总是有益的,有病治病,没病强身。

父亲捧回了好几包,泡了酒,出海回来,总会倒上一杯。每次,看父亲喝那个药酒,我就想起神奇的缩骨功,我甚至隐隐期盼,父亲喝着喝着,也有了一身好功夫。

我家的生意

一

那些年,父亲所在的船常去崇明岛卸货,崇明岛多田地,农业发达。父亲在岛上东逛西走,便把那些鲜灵灵的植蔬看了进去,植蔬在心里头蓬勃蔓延,他当机立断,决定贩蔬菜。

我们岛以渔业和海上运输业为主,蔬菜类相对欠缺,而崇明岛的蔬菜多而便宜,且两地离得近,船卸了货即回,可保蔬菜新鲜,父亲笃定,一番买进卖出能挣点钱。什么季便贩什么菜,莴笋、芹菜、青菜、菠菜、大白菜、芋头、毛笋……父亲从崇明岛农民手里接过各种蔬菜,趁船返航时运回,船泊港口后,用大眼篰篮从码头"噔噔噔"挑到家里。一路上,他那张被海风吹得黝黑粗糙的脸掩不住兴奋,一担又一担的蔬菜是透进清贫生活的微光,零零散散地落在父亲坚定有力的脚步上。

母亲绕着一堆蔬菜转了两圈,搓着手,喜悦里夹杂了愁,犹如糖里混进了沙粒,甜得不大纯粹。母亲不善言辞,平日里也不爱交际,一下子要让她去摆摊卖菜,略感为难,然等父亲说起一斤蔬菜能赚得一到两分钱,她冷不防蹲下,拎出一捆掂掂,而后,估算了蔬菜的总重量,她美丽的眼睛倏地亮了。

在那个做一整天小工,工钱为一元八毛钱的年月,这样的利润已够让母亲心动,况且,父亲若不紧急出航,定会陪同,于是,之前的那点为难就像个浅浅的小水洼,母亲抬起脚便轻巧越过了。

父母亲着手搬动蔬菜,温柔得像照顾婴儿,将它们一一摊开,摘除个别蔫皱如抹布的菜叶,系紧松开的细麻绳,拎着铅桶,用手撩出少量清水,疏疏落落地洒下,过不久,那些蔬菜果真看着精神多了。父亲说,品相好不愁卖的。

去摆摊卖菜,凌晨四五点就得起床。春夏时节,这个时间天已蒙蒙亮,鸟叫声"啾啾啾",母亲开了门,和父亲把屋里的菜搬出来,一会走下台阶,一会走上台阶,一趟趟来来回回,终于,蔬菜整整齐齐码在了院子里的木头手推车上,熹微晨光里,那些碧色的茎叶显得那么有生气。厨房的小桌上,锅子里的饭还热乎着,盖子扣得紧紧的,两副碗筷跟卫兵似地守着一盘醉鱼,母亲嘱咐过,姐弟俩一定要乖乖吃了早饭再玩,等她卖掉菜就给带糖果。

同个时辰的冬日,天色却漆黑如墨,母亲不得不打开屋檐下的灯,淡黄色的灯光在一定范围内驱散了黑暗,圈出一个轮廓模糊的周遭。父母亲轻手轻脚地搬运、整理,生怕惊扰到四邻。寒风简直如冰锥子,一下又一下地刺进肉身,寒气阴狠,刁钻地沁进了骨头缝里,让人冷到发疼。母亲手上的冻疮愈发严重了,有几处已经溃烂,她不当回事儿,用纱布简单包扎了下,若无其事地干活。出发去摆摊前,她戴上一副白色棉纱手套,那是父亲的海运公司所发，一则用来御寒，再是遮盖，母亲怕自己的手又肿又烂的，倒了人家买菜之人的胃口，从而影响蔬菜的销量。

母亲点了零钱，父亲仍不放心，也数了一遍，而后才揣进兜里。临走前，母亲关掉屋檐下的灯，父亲拍了拍裤兜，确认带了零钱，不然，到卖菜时没法找零。父亲挑起担，母亲紧随其后，借着屋里的灯光，我在门口目送父母亲，他们出了院门，一忽儿就消失在转角。有隐约的说话声传来，还有咳嗽声，接着，便什么声都没了，唯余一片静寂。

那个时候，岛上还没有正式的菜市场，摆摊都在那条长街两旁，没有固定摊位，也不收摊位费，反正那一天谁先占了某个位置，那就是谁的。从我家至长街，步行至少半小时，父亲和母亲或挑担或拉手推车，夏日里，两人汗透衣衫，如淋了雨般，冬日的清晨，他俩学着其他的摆摊人，原地踏步，搓脸搓手，不然真要生生冻僵在那。

头一两次出摊，母亲有些放不开，别说像其他摊主那样热情吆喝，就连有人过来问东问西，她都回答得不大利索，若遇还价，更是涨红着脸不知所措，好像亏欠了人家似的。幸有父亲在，报价、交流、过秤、找零，一气呵成。父亲悄悄提醒嘴笨又心软的母亲，可不能顾客一缠着还价便答应了，这样一来，白白付出了辛苦不说，搞不好还要赔钱。

经过几次历练，母亲老到多了。有段时间，岛上的海员贩卖蔬菜蔚然成风，海运公司却出了规定，在职人员不得发展第二职业，公司领导会经常突击巡查长街的摊位。海员们哪舍得轻易放弃，立马有了对策，就让家属出面，领导又不认得家属，巡了也白巡。母亲虽属被动地独当一面，不过，看她那得心应手的模样，父亲甚为放心。父亲其实并未走远，就躲在附近某个角落里，母亲若碰到什么困难，他可第一时间出来帮忙。回到家里，父亲和母亲数着那些花花绿绿的几分几角纸币，笑呵呵地自嘲——卖个菜跟做贼似的。

后来，海运公司应工商所所求，废除了规定，我们岛上除了原住民，还有驻岛部队，市场上的蔬菜实在供应不足，工商所甚至鼓励海员贩菜，毕竟，饭桌上不能没有蔬菜。自此，贩菜这个事对父母亲来说，就像活蹦乱跳的鱼游进了大海，可发挥的空间更大也更自由了。

自然也栽过跟头。有一次，父亲见崇明岛某家农户的芋头价格低卖相好，寻思着能大赚一笔，便购进了一批。自家总要尝尝鲜，母亲做了她擅长的芋头羹，结果，入口后味道麻麻的，舌头上像扎满了密密的小细刺，母亲不死心，舍弃了芋杆，光把芋头切片，蒸着吃，炒着吃，依然麻，麻得父母亲脸上灰扑扑蔫耷耷的。父亲总算明白，人家为什么会把"这么好"的芋头低价卖与他。

堆在家里的麻芋头让人犯了难，母亲坚决不出摊，父亲朝着芋头们抽了几支烟，决定一个人去卖卖看。他守着摊，心神不定，稍微面熟的过来，他摆手示意，让人别买，好不容易来了个眼生的，看着芋头不错，价格又公道，想多买点，父亲慌乱地劝人先买个一两斤，吃着好再来，那人狐疑地拎着两斤芋头走了。父亲看着他的背影，几次欲喊住他，舌头却僵硬得像冻住了,脸颊则被烫到般烧了起来。他迅速收了摊,落荒而逃。那些芋头最终悉数送给了养猪人家。

父母亲常把"毛笋事件"当笑料供大家一乐。头一次贩笋,定价仍采用其他蔬菜的做法,在购买价的基础上略添一点,然而,售卖时,顾客不管三七二十一,纷纷剥掉笋壳再过秤,而父亲购进时算的是毛重。那会儿感觉不对劲已晚了,父亲和母亲脸皮又薄,只能任由人家把笋剥到精光,玉白色笋肉泛起的光泽简直刺痛了双亲的眼。于是,看起来甚是红火的笋生意,让人忙活了半天的笋生意,就这么亏本了。

每每说完"毛笋事件",多数时候,父亲会添上一句,还是贩螺蛳和黄蚬好,全是净重,又耐活。仿佛是给自己一个安慰,或者说,弥补。

螺蛳和黄蚬也出自崇明,崇明有赚头的副食品,父亲差不多都搬到了我们岛上的菜场,他有自己的一套说辞,民以食为天,谁个能一天不吃菜呢?这生意长期做赔不了。

二

每年春季,母亲必抠小鸡仔。街上一有人挑着担叫卖"抠小鸡嘞抠小鸡嘞",母亲便扔下手头的一切跑了出去,回来时,她捧着木盆,走得慢而稳,得了宝贝似的。木盆里发出热闹的"唧唧唧"声,一群毛茸茸的黄色"小球"正懒洋洋密挤着,它们仿佛知道有了新家,安逸着呢。

这些鸡仔,都是母亲挑过的,以个头大、腿脚强健的母鸡仔为主，公鸡仔是点缀，就如八宝饭上的红枣。不过，我能一眼瞄到八宝饭上的红枣粒，却怎么也找不出公鸡仔，明明都长得一模一样啊，遂佩服极了母亲，想来辨公母定是门大学问。不过，母亲也有看走眼的时候，有的母鸡仔养着养着就变成了公的，那也无妨，无非就是少了只下蛋的，关键是要将其养得肥肥壮壮，到时卖个好价钱。

母亲准备了大木盆，在底部铺上硬纸板，撒些米粒，扔进鲜嫩的青草，而后，轻柔地握住鸡仔，一只只往里送，安顿好所有的鸡仔，再倒扣个大眼箩篮作为盖子。鸡仔们在"新居"里过得挺悠哉，吃了屙，屙了吃，我和弟弟学着母亲的样儿，从箩篮眼里漏下米和谷子，或拿根柔软的草探进去，逗鸡仔玩。母亲严禁我们掀箩篮，万一鸡仔跳到外头，将面临各种风险，如不小心被人踩死、被猫狗咬死等。

每天，母亲除了给鸡仔喂食，清理粪便，还要坐于旁边的小凳子巴巴地瞧上半天，她熟识每只鸡仔，并按各自的特征起了名，"一撮毛""小老实""小红点""小强盗"……"小强盗"特别霸道，抖着毛强硬地赶走其他鸡仔吃独食，"小老实"则反，人家纷纷前去啄米，它畏畏缩缩地跟在后面，常常连吃点残羹剩菜都够呛。母亲忍不住主持公道，阻止"小强盗"的霸王行为，把"小老实"径直送到食物前，甚至单独喂"小老实"。相处了些时日，母亲能迅速察觉到鸡仔的不对劲，诸如粪便稀了、比平时呆滞之类，那就得第一时间采取措施。她有自己的方法，不知何药片溶于水后，灌进针筒里，一手握鸡仔，一手拿针筒，用针把药稳稳打进鸡仔嘴里，那个熟练利落，不知道的人恐怕会以为母亲当过医生。

待鸡仔稍大些，就得"搬家"了，集体住进父亲亲手打造的鸡笼。鸡笼由一根根木条钉成，长方形，侧面做了门，上面有把手，可拎。到了晚上，母亲朝鸡们"咯咯咯"叫唤，把它们哄进鸡笼，关上门，置于院子里的葡萄架下。有一回夜里，母亲突然被鸡叫声惊醒，她从床上一跃而起，掀起窗帘一角往外看，葡萄架那一束光晃来晃去，她立马意识到有人偷鸡，随即开灯，开门，同时大喝一声，手电筒一下子熄了，一团黑影从地上弹起，如发射的弹丸，顷刻消失在黑夜里。母亲冲了出去，发现笼门已开，急速拎鸡笼至卧室窗下，借着窗内的光，点了鸡的数量，检查是否有鸡受伤。鸡笼放在了窗底下，母亲还是睡不踏实，做梦都梦到有只手伸进了笼里，索性，将其拎进了灶间，屋里臭就臭吧，早晨起来喷点花露水就行。

父亲出海回来得知此事，责怪母亲一个人冲出去的举动太过冒险，深更半夜，他不在，我跟弟弟还小，且在熟睡中……想想就后怕。并再三叮嘱，以后万不可如此，鸡偷了就偷了。母亲嘟哝，说哪来得及想那么多，什么人啊，半大不小的鸡都偷，被馋虫啃烂的东西。

一群鸡要茁壮成长，食物马虎不得，父母亲各显神通。母亲在农民家定了谷子和米糠，且岛上的稻田收割后，她总会忙不迭地去拾稻穗，每每满载而归。而父亲所在的船经常运玉米、小麦之类，卸货后，父亲钻进船舱里，将漏下的玉米小麦扫出来，装进大麻袋运回家。母亲变着花样给鸡们改善伙食，番薯皮煮熟了拌米糠，细碎的鱼骨头拌米饭，去菜地里捉青虫、地蚕等。

虫子丢进鸡群，鸡们争抢得最欢，母亲在边上乐颠颠地看着，她老说活虫子可是高蛋白哩，使鸡长得壮实，母鸡还能下红彤彤的双黄蛋。

鸡成年了，夜晚住紧挨着房子的小屋，白天自由活动。母亲深谙运动量大的鸡肉质紧实、味道好的道理，遂，她每天清晨第一件事就是打开小屋的门，把鸡放出去，公鸡母鸡们就像一群好动的孩子，一窝蜂出了门，或扇着翅膀跳跃，或低头在泥土里啄食，或悠闲地溜达，或围着母亲转，鸡们的活动范围一般就屋前屋后和院子里，有各种花草虫鸟与它们为伴。

母亲在院子里做了窝，专供鸡下蛋。那个年月，鸡蛋简直是万能的滋补品和礼品，身体不够好，糖水蛋酒酿蛋桂圆炖蛋吃起来，亲戚朋友生孩子、结婚、上学等都可以送鸡蛋表示心意。母亲不卖鸡蛋，除去用以人情往来，其他均抚慰了家人的肠胃，滋养了家人的肉身。父亲出海，母亲会准备好若干鸡蛋让他带走，我和弟弟正长身体，更是离不了鸡蛋，且头生蛋都归我俩，岛上一直有吃了头生蛋会变聪明的说法。

鸡的归宿跟鸡蛋恰恰相反，母亲的小规模饲养也算名声在外，每年都有旧买主新买主上门，自家能留只过年鸡就不错了。当然不是每只鸡都能顺利长到被卖掉，难免有半路夭折的，而有一年，竟然全军覆没，母亲养鸡以来，从未这样惨烈过。那日清晨，母亲照常打开鸡笼，里面毫无动静，便知道坏事了。我见到时，母亲已用火钳子把那些半大的鸡夹了出来，一只挨着一只排列在地，原本活蹦乱跳的鸡们一律紧闭双眼，全身僵硬，风吹过，几根鸡毛抖抖簌簌，凄惨得不忍看。母亲红着眼睛连连叹气，噩梦应验了，该死的鸡瘟，太可惜了，太可惜了。

一只鸡都没了，意味着那年的生意要断掉，而断过一年，很可能影响往后的生意，于是，父亲试着从崇明贩活鸡过来，成年的或即将成年的鸡，自己再饲养一段时间，以作弥补。父亲挑了五六只鸡上船，这下船上热闹了，到了新地方，鸡比较兴奋，不停叫唤、走动，边叫边走边屙，父亲无奈，只得将它们用篰篮罩起来。然开船后不久，几只鸡却渐无精神，父亲心下一寒，莫不是买到了病鸡？蹲在那儿反复观察，喂水喂食，有船员提醒，说鸡晕船了，不是只有人才晕船的，症状还真有些像，父亲暂时信了。第二天，大家发现其中一只母鸡下了蛋，觉着挺好玩，抢着要把蛋煮了，鸡们齐齐昂起头以鸣叫抗议，父亲这才把吊起的心彻底放下。

崇明鸡普遍比母亲自养的大，明明买来时个头一般般，养着养着，气球般鼓了起来。有只公鸡大到让人惊讶，公鸡一抬头竟能够到小圆桌的桌面，我们吃早饭时老担心它会来啄翻饭碗。有一次，我正坐于小凳子，公鸡在旁踱步，父亲笑出了声，说养我那么多年都没一只鸡大。那只鸡最终被部队里的人买走，我家离海军码头近，他们可算老主顾了。邻人趴在墙头，用羡慕的口气说我家的鸡已经做出牌子了。

自此，我家的鸡生意便一直采用少量自家饲养和贩卖相结合的方式，母亲的压力小了，老惊扰她的噩梦也一去不回了，梦的内容雷同，无非是鸡给养没了，心血都白费了，无法跟老主顾交代了……

三

　　隔壁的芬姨找到个门路，收购玻璃罐头瓶，再卖给特定地方，颇有赚头。她真诚地邀我们家一起做，说当邻居多年，了解我的父亲和母亲，勤快、实在，跟这样的人一起做事安心、省心，二则看中了我家的大院子，很适合用来放置收来的罐头瓶。父母亲欣然答应。

　　闲置了些时日的木制手推车被父亲推了出来，他拿着扳手敲一敲，拧一拧，又给轮胎打饱了气，收罐头瓶可全靠它了。出去收瓶子，通常分两组进行，两人加一辆手推车为一组，要么夫妻档，父亲和母亲、芬姨跟她丈夫各一组，要么女人一组，男人一组，父亲若出海，基本就剩母亲和芬姨的女人组了。手推车上放篛篮和箩筐，沿路吆喝、探问，起初，个别人对于空玻璃瓶能卖钱有点半信半疑，遂跟了母亲她们一程，亲见后才确信。海岛不大，很快，一个完好的空瓶子能卖两分钱的事儿也就传开了，有人还特意候在路边，脚下是一编织袋罐头瓶。母亲开玩笑说，以后啊，大家路上碰到罐头瓶不会一脚踢开了。

　　那会儿正是夏天，出去收瓶子一般选早晨和傍晚。母亲和芬姨推着手推车一路过去，两人头上均包了毛巾用来防晒，每收一户人家，清点瓶子后，母亲从兜里掏出钱袋子，一角一分仔仔细细数给人家，然后慎重折起来放回兜里。收来的玻璃瓶一个个装进篛篮和箩筐，在底部排放整齐，再摆上一层，又一层，上面用粗麻绳缠几圈，篛篮和箩筐也跟手推车的挡板绑起来，以防车动时，一不留神滑下来。

如母亲所言，千小心万小心，总有疏漏的时候。某一次，母亲和芬姨收了满满一车的罐头瓶，车子颠颠簸簸，瓶子"咣当咣当"响，两个女人尽量靠着路边慢行。从马路拐进我家，有一条狭长的稍陡的小路，小路刚好可供手推车经过，母亲和芬姨各握住推车一个把手，两人一起使力，并尽量把控方向和车的平衡，然将入院门时，却猛地撞向了院墙，麻绳不知何时松的，最前面那只箩筐终于挣脱了束缚，倒了下去，多只罐头瓶子跳了出来，"噼里啪啦"落地，母亲和芬姨心疼得不得了，立马查看"伤亡情况"，虽是泥地，瓶子还是碎了好几个。自后，她们把绳子绑得更紧了，也不贪多了，有大半车了就拉回家，宁愿多跑两趟，一次性装太多，容易掉落摔碎，且不好掌控。

每次，收瓶子到家，母亲原本戴头上的毛巾已经搭在了脖子上，这样方便擦脸上的汗，她的刘海儿弯弯扭扭地粘在额头，衣服的后背、前胸都被汗水濡湿了，待洗把冷水脸，"咕嘟咕嘟"喝下一碗凉白开，便开始卸货。卸货可得耐心，一只只轻拿轻放，几天后，罐头瓶像一群滚地撒泼的娃，堆满了院子，有时候猫狗蹿过，总让人担心那些易碎品，母亲甚至夜里都睡不安稳。后来，父亲搭了个简易的棚子，让瓶子们住了进去，还摆得齐齐整整的，再挡上木板，这下等于进了保护圈，大家放心多了。

瓶子攒到一定数量，开始清洗。我家院子边就有一条小河，河水清凌凌的，母亲和芬姨坐于岸边，左手持瓶，右手握小刷子，往广口玻璃瓶里灌入大半瓶水，刷子在瓶底和瓶壁划来划去，如搅拌什么东西，原本脏乎乎的瓶子被洗得透亮，而后放进长方形塑料筐里，太阳一照，闪闪发光，不知道的还以为那是一筐筐新瓶子。

清洗时，才发现有的瓶子瓶口缺一块，还有的瓶底出现了裂痕，这让母亲愧疚，觉得自己收购时不够细致，芬姨安慰她，瓶子量大，难免有几个残品。残品只能拣出来扔掉，母亲和芬姨边洗边嘀咕，以后收的时候要更加注意了，尤其瓶口，应该每一个都摸一圈。有一次，母亲给一个罐头瓶灌进些许清水后，刷子还没划拉两下，瓶子突然碎裂，像一朵玻璃花在她手上绽开，紧接着，又开出了鲜红的血花，母亲的手指被碎玻璃割伤，她神色自若，将手放在自来水下冲一遍后，擦干，从家里的药箱里拿出医用布胶带，扯一段包上。几乎没耽搁，她继续返回河边刷洗，瓶子真是多啊，母亲弯下腰低着头，洗完一批又一批，那段时间，她老是边走路边用拳头捶腰，说，没想到，洗瓶子比拉一车瓶子还累。

洗净的瓶子，仍然用手推车拉，一趟一趟运到指定地点，对方验收后，付款。收罐头瓶持续的时间不长，算一种短期生意，但在之后的岁月里，母亲提及多次，因为正是这个生意，让她学着记起了账。每回收来一批，卖掉一批，母亲就在一个小本子上写写画画，上面记得清清楚楚，收购次数、每次收来的瓶子数量、残品及损耗数量、收瓶子花去的钱、卖瓶子得来的钱，一目了然，父亲表扬她记账无师自通，母亲开心得眉眼飞扬。

酒事

每年，凛冽的风一入侵小岛，酿一缸米酒便成了母亲的头等大事。

劈柴、洗缸、借大蒸笼、买糯米和酒曲……母亲忙得脚不沾地，屋里屋外，奔进奔出。糯米浸泡数小时甚至一夜，倒进蒸笼，用大火蒸。灶膛火光舞跃，锅上白雾缭绕，锥形的竹编蒸笼盖如山尖隐没于雾霭中。米香味不管不顾地弥散开来，空气中飘漾起一丝甜味。糯米蒸熟后，母亲将其摊于竹席"纳凉"，待凉透，悉数入缸，细细密密地撒上碾成粉末的酒曲，她边撒边搅拌，尽量混均匀糯米饭和酒曲，最后用手按实，中间留个洞，以便观察酒酿的发酵程度。为保证发酵所需的温度，酒缸先以竹筛子为盖，后覆上旧棉被，像孵什么宝贝一样。

酒缸置于我和弟弟的小房间，几日后，酒香藏不住了，香得满屋子都是，姐弟俩在梦里都能闻到，这个时候，酒酿就可以"下水"了。大清早，母亲轻手轻脚开门，走下台阶，空水桶在院墙处碰了一下，发出"咚"的一声，像一块石子儿扔进结了薄冰的河面，某种固定的东西被打破，震得寂静的空气微微发颤。母亲去山边挑山泉水,"下水"用山泉水,酿出的酒尤其甘醇。回来时,她一拐进小道,我便听到了脚步声,如锤子一下一下击打地面,"嗨哟嗨哟"声轻轻相随,进门,带进来一股冷气,而母亲脸上红扑扑热腾腾,鼻尖和额头正渗出细汗。放下满满两桶山泉水,她边脱外套边赞叹:"这山泉水真是清啊,跟煤油似的。"

山泉水烧开,晾凉,用水瓢舀起,慢慢注入已经发酵的酒酿。母亲老说一斤糯米一斤水,意思是,按照这个比例酿出的米酒浓稠醇厚,是上品,但有时候,她会根据自家的状况适当调整,如,调成一斤糯米两斤水,这样,酿出的新酒度数会低一些,家人万一贪多亦不易醉。根据米酒的发酵状况,"下水"可一次完成,也可以分两次,全凭母亲肉眼所察而定。"下水"后还是要盖好筛子和棉被,让微生物继续好好发酵,母亲叮嘱我们,不可随意掀开看,酒"出气"了,就不香了。

熟透的原浆酿造纯手工米酒呈乳白色,半浊半清,醇香四溢,母亲以竹瓢舀酒,让我们过去看,神情颇为自得,继而又垂下眼,低声说有这样的好酒,外公若还在该多好。外公极爱喝酒,依稀记得,每天清晨,他都捏起一盅白酒喝得滋滋儿作响,一年到头,外公只能喝劣质白酒,以前,填饱肚子都难,粮食用来酿酒那是无法想象的奢侈。由此,每逢外公的忌日,母亲总会供上一大碗自酿的米酒。

米酒飘香的日子,父亲所在的运输船仿佛变得通情达理,靠岸比之前勤了。中午时分,阳光从窗户大模大样闯进来,越过父亲的头顶,给桌上的饭菜铺一层暖暖的光亮,父亲端起热乎乎的米酒，抿一口，眼睛眯起，夸张地"啊"一声，而后，夹一筷子菜入口。母亲在旁笑他，做神仙也不过如此嘛。父亲喝酒不多，独酌，每餐一小碗米酒，下酒菜不挑，花生米、鱼鲞等皆可，酒足饭饱后，他还能坐在自家院子晒会儿太阳，对于海员来说，这样的生活弥足珍贵。

父亲在家，登门造访的宾客自然比平日多，亲戚、同事、朋友，不管人家为何而来，父亲都认为他们是循着酒香过来的，必留人喝酒，并亲自炒上几个小菜招待。众人赞酒好，夸母亲的酿酒手艺了得，父亲的小眼睛亮亮的，说话声愈发高亢起来。把酒言欢间，有邻居经过院子，好奇地停下张望，父母亲连忙招呼他喝一碗再走。于是，这冬日的时光便生生慢了下来。

喝母亲自酿米酒最多的人，是外舅公，完全超过了父亲。外舅公生得浓眉大眼，有两个深酒窝，他惜酒，擅品酒，是真正爱酒之人。外舅公说米酒温热不燥，实为滋补品，母亲酿就的米酒，他年年喝，时不时提出意见或建议，如偏淡，水加多了，下回发酵时间可以再久一点之类。外舅公在海运公司当会计，而我家就在海运公司附近，每年，母亲酿好了米酒，他顺道来吃便饭的频率明显高了。他对下酒菜几乎没什么要求，只说小葱摊蛋就很好，那年月，葱自家地里常年种着，蛋为自家的鸡所生，这个菜算得上唾手可得。外舅公"滋滋滋"一口米酒，"喷喷喷"一口小葱摊蛋，长寿眉轻轻一皱，接着，整张脸大幅度舒展开来，就此陷入自我陶醉境界，红润润的光从他的额头和脸颊缓缓透出来。

有一回，父亲舀完米酒忘了盖上盖子，浓浓酒香引来了老鼠，一只小老鼠经不住诱惑，遂纵身一跃，淹死在酒缸里，也可能是醉死的。大半缸米酒就这么废了，母亲心疼得顿足，连连埋怨父亲，然事已至此，说什么都于事无补，只得计划重新做一缸，否则，过年都没酒喝了。被老鼠污染的酒倒掉亦可惜，便给了同村养猪人家。

次日，外舅公来吃饭，得知了此事，爱酒如命的他直呼太可惜了，转而说母亲不会当家，实在浪费，刚死掉的老鼠又没啥关系，捞出来就好了，可以继续给他喝，只要别告知翻进过老鼠。母亲哭笑不得，安慰他米酒有营养，猪喝了能长肉，还赚了人情，也算略有所值了。果然，到过年时，养猪人家送来了几斤猪肉，猪长得甚为肥壮，主人认为我家的米酒功劳不小，我围着猪肉转了一圈，又凑近闻了闻，总感觉这肉透着点酒香，应该叫外舅公来吃肉。

母亲重新做了缸米酒，这下，对盖子可上心了，反复查看是否盖紧，还要压上重物，以防老鼠们为了美酒而大动干戈。母亲万万没想到，防得了老鼠，却没防住小酒鬼。寒假里，两位同学来家里做作业，一进我那十几平方米的小房间，她俩便翕动鼻子："怎么那么香，怎么那么香！"做了会儿作业，心思又放飞了，互相嗅嗅身上的衣服，还真沾染了酒香，三个人围着酒缸，弹弹缸身，拍拍缸盖，她们问我米酒是什么味道，我摇头，母亲告诫过，小孩子不能喝酒，会变笨。不过，人一多，胆子便大了，何不趁机尝一尝？拿了个碗，你一口我一口，喝完再舀，就这么稀里糊涂地喝，然后，你瞅瞅我，我瞅瞅你，三个小脸蛋都红通通的，捂着嘴偷乐。其中一位晃悠悠走到门槛，突然一个踉跄，倒在了地上，母亲听到动静从外间赶来，方知我们偷喝了米酒，她好气又好笑："小孩子喝酒会变成笨蛋的，看，连路都走不好了吧？"

母亲不准小孩子喝酒，不过，一年之中，总会做那么几次酒酿蛋让我和弟弟解馋。捞出点酒糟，兑水，烧煮时加入白砂糖，以及打得碎碎的鸡蛋，母亲做的酒酿蛋，乳白里飘了点点黄，颜色怪好看，由于兑水多，酒味几近无，我们把它当甜羹吃。

酒酿蛋吃得最过瘾的是过年时，当然，米酒消耗量最大的，也是那会儿。岛上人家看重过年，物质贫瘠年代，平日里省吃俭用，年却要尽量过得丰富而隆重，尤其吃食，必得同时满足两点，种类多和量足。食物主要为正月里宴请而备，亲戚们聚在一起，今天你家，明天他家，后天我家，一家一家轮着来，每家吃中晚两餐，能闹腾十来天。

正月家宴，主人使出十八般武艺，各种海鲜肉食、蔬菜水果、冷盘热菜、羹汤小吃一一上桌，若有特色菜，那更是锦上添花。我家的自酿米酒算是一大特色，为宴饮加分不少。父亲搬出平素收起来的大圆桌，气派地摆于屋子中央，菜未齐，酒先喝，滚烫的米酒端上来，一碗一碗地倒。男人们率先围坐，以外舅公为首，大舅小舅大姨父二姨父小姨父等作陪，菜一个接一个上，酒一次又一次地碰，场面不可阻挡地热烈起来。女人跟孩子围于圆桌第二层，或站或坐，吃着又稠又香的酒酿炖蛋，见缝插针地聊上几句。红光满面的男人们时而看一眼身后的人，时而提醒再去热些米酒来，神情和语气里溢出的满足感无处可藏。

聚一起喝酒，气氛烘托起来，酒量个个比平时大了，舌头也变得分外灵光，说话呈滔滔不绝之势，忆苦思甜，挥斥方遒。而嘴巴没个把门，一言不合，借着酒劲争吵，闹作一团的事也偶有发生。有一年，大家正喝到兴头上，不知为何事，父亲跟小舅起了争执，一声压过一声，一句赶过一句，互不相让。父亲腾地站起，盛米酒的碗在桌上重重一扣，乳白色的酒液飞溅，小舅不甘示弱，愤怒到挥着拳头咆哮，其他人试图调节，两个赤红着脸的人根本听不进，连最受尊敬的外舅公出言制止也不管用。终于，失去理智的小舅把拳头落在了父亲身上，然后夺门而出，父亲本就脾气暴躁，酒精刺激加这么一拱火，竟拿了把菜刀欲追出去，大家慌忙拉住他，你一言我一语地劝阻，他总算慢慢冷静下来。阿姨舅妈们嘟囔，说："阿姐啊，往后米酒得限量供应，不能想添就添，随他们喝，大过年的，亲戚们难得相聚，唉！"母亲顺着她们道："就是，明年少酿点！"

亲戚们怕父亲和小舅就此生了嫌隙，想找个机会让两人和解，然他俩都是海员，回家次数本就不多，碰到一起的机会更少。日子如书页，一页一页翻过，转眼又到过年，正月里聚餐是雷打不动的规矩，母亲的米酒亦按时上了桌，推杯换盏中，父亲和小舅到底冲破了些许尴尬，逐渐自在，进而言笑晏晏了。

柔和的灯光，蒸腾的热气，酡红的脸庞，米酒的醇香环拥着一屋子的人。我接过母亲端来的酒酿蛋，里面还加了小圆子，甜香、软糯，吃完暖烘烘晕乎乎，没过一会儿，在大人们的家长里短中沉沉睡去，屋外的寒意肃杀只在遥远的梦里。

烧坏虫

冬天,暮色一旦降临,天一忽儿就黑了,像有谁利落地拉上了巨大的黑色幕布。从几家院子飘出的欢笑声迅速掩盖了零星的犬吠声,孩子们盼了一整天呢,天一黑,就可以去田间烧坏虫了。

正月十四烧坏虫,是岛上一直沿袭的习俗。民间有谚:春气一动,百虫蠕动。每年的正月十四正是立春前后,这天去地头、田边、河塘边等烧那些越冬的杂草,很容易烧死蛰伏在草丛中的害虫虫卵,祈愿新的一年农作物无病虫害而获得丰收。一到十四夜,烧坏虫的主力军其实是小孩,孩子们是多么热爱这一夜啊,那是可以名正言顺玩火的一夜,简直在欢度一年一度的火把狂欢节。

烧坏虫的方式五花八门,可以直接划亮火柴烧,可以将浸过煤油的破棉絮点着扔向草丛,还可以用燃烧着的干树枝引火……小孩们最喜欢的当然是做成火把。火把通常用秃了头的旧扫帚、破雨伞或者竹管制成,旧扫帚和破雨伞均裹上布条和废弃的棉絮,中间若能夹一些稻草更好。最后都洒上煤油。竹管稍复杂些,砍竹管的时候就有讲究,应取约两节半的长度,将煤油注入上半节竹管中,塞入棉絮碎布等,即成。

举起火把的一刹那,个个激动得胸膛里也好似燃起了火,人站得笔挺,头高高昂起,手腕有规律地挥动,"呼呼"声和"嗞嗞"声环绕在耳畔,火焰在暗夜里划出一道道弧线,绚丽如烟火。左邻右舍的伙伴们自动组成小分队,排列整齐,雄赳赳气昂昂,踏过泥路,穿过田埂,远远望去,挥动的火把连成了一条跃动的火龙,随时准备扑向绵延的荒草。冬夜的风凛冽如刀,但小孩们的身体和心里都热烘烘的,手心还出汗呢。

我家屋后是连片的稻田,几个小池塘零落分布,像田野的眼睛,水汪汪的。大人们都说这地方很适合进行烧坏虫活动,水能克火,不会造成火势不可控的局面。冬日的稻田呈营养不良的枯黄色,杂草趁机蹿了出来,肆无忌惮地疯长,一簇簇一片片,大有取而代之的势头,它们当然是猖狂不了多久的,每年的正月十四就是它们的末日。

跟有人吹响了冲锋号似的,周边的大人小孩突入"敌阵",火就是武器,一挨近荒草就想"烧"而后快。手里有火把的都傲气,自以为"武器"先进,对掏出火柴,哆嗦着手,好几次都点不着火的"战友"轻嘴薄舌,不过每次阿波一上阵,擎火把的都乖乖闭嘴了。阿波基本两下就能擦亮火柴,而后用左手护着那颗小火头,快速点燃杂草,火苗就像突然挨了一鞭子,一下子蹿得老高,风一吹,噼里啪啦,强势蔓延,顷刻,就成了火帘子,热浪不管不顾地涌过来,一干人兴奋得尖叫,同时呼啦啦往后退。拿火把的喜欢奔跑,边跑边任性地东点一下,西戳一下,尤其爱对茂密的刀茅丛或芦苇丛下手，这里，那里，到处是火堆，这处的草烧完了，就去开发另一处。或者沿着塘埂地皮，一路磕磕绊绊烧过去，第二天一看，黑色的烧痕弯弯扭扭，空气里充满了草木灰的味道。小一点的孩子得有大人牵着或背着，看大人点着了火，他们咧开缺了牙的嘴"啪啪"鼓起掌来，也有哭着喊着要求亲自上阵的，大人就找一根细溜溜的树枝，让其握在手里，拨弄下燃烧着的草，也算参与了烧坏虫，眼泪鼻涕还挂着呢，小小孩却已笑得咯咯咯了。

田野，田埂，地头，河边……都可见大大小小的火光，明明灭灭，宛若暗夜开出的花。人们穿梭于火光与火光之间，仿佛能听见躲在杂草里的害虫的惨叫。田的主人烧得更仔细，角角落落都不放过，嘴里还念念有词，什么"坏虫烧光光，今年大丰收"之类，被风一裹，飘出去老远。突然，"嘭啪"声起，那是有人趁着烧坏虫扔了几个小爆竹，引得众人兴致高涨，奔得更欢，烧得更起劲了。

阿波他们几个早有预谋，下午偷偷运来了番薯，藏于稻田一角，杂草茂盛处。晚上烧坏虫活动时，特意将草都拢到一块儿，甚至抽稻草垛的成捆稻草加进去，将番薯埋在中间，火柴一划，火光熊熊，待草烧没了，坏虫烧死了，番薯也差不多熟了。为保险起见，会让番薯在冒着火星子的草木灰里多埋一会，再用树枝木棍等扒出来。被煤油味和焦味占据的空气里蓦地多了一丝甜香味，大人们发觉后嗔笑："小鬼头真会玩花样，见者有份啊。"周围闹哄哄一片，不吃上一口都誓不罢休似的。

冬日的旷野，夜晚的旷野，一年中唯有正月十四，是那么欢腾而热烈的。

自然，也有老天不作美的时候，虽然概率比较低，然对盼了一年的孩子们来说，打击委实太大。尤其男孩子，正月十四那日，若从早晨起天就阴阴的，雨点随时要落下的样子，他们的脸也就随着阴阴的，并暗自祈愿老天千万要忍住眼泪，等第二天再落下来；若一大早就雨声淅沥，他们能怨天尤人一整天，瞧什么都不顺眼，平日里宠着的狗巴巴地跟上来，也忍不住要骂几声，再朝空气狠狠踢上几脚。

不甘心原本美好的一晚被下雨给生生毁掉了，不少人开始另辟蹊径。天稍暗，邻家小子打着伞举起小火把，绕着自家屋子边转圈，大人们差点笑翻天，屋边的野草都是湿的，这哪叫烧坏虫，这是吓唬害虫。也有利用灶膛过一下瘾的，点燃木柴后，固定的空间里，火光跳得猛烈，像灶前那颗不屈服的心，最终，总会在灰堆里埋番薯或年糕，以食物慰藉失落。

有一年的正月十四，亦是雨天，弟弟愁眉苦脸了一天，跟河对岸的阿波他们喊来喊去，一群小男孩隔着雨帘下了结论，今晚是烧不成坏虫了，而后，怏怏散去。眼看天就要黑了，弟弟和堂弟阿舟站在家门口，望了会儿未有丝毫停歇迹象的雨，果断将藏于院子一角的破脸盆端过来，又从各自的兜里掏出几个干燥的塑料袋，两人的脸上挂起一丁点儿神秘和得意，给人一种即将干件大事的感觉。

脸盆置于屋檐下，嚓嚓几下，火柴亮了，他俩拎着塑料袋，点燃其底部，塑料袋立马皱缩起来，变成黑色的黏稠的物质，一滴一滴如数落进破脸盆里，同时，还散发出一种刺鼻的气味。

两人玩得愈发起劲，烧完一个，接上一个，仿佛那一点火光既能抵御雨水的凉意，又能弥补因雨烧不成坏虫的遗憾。一个不小心，黑色的滚烫的物质滴落于堂弟阿舟的手背，一声惊叫响起，父亲循声从里屋奔出来，连忙抱过阿舟，把他的手伸进雨里，经雨水冲刷后，阿舟的手背依然发红，并有一小块起泡。父亲一脚踢翻了破脸盆，冲弟弟吼："这是纯粹的玩火，哪天把房子烧了你就开心了？"弟弟自知理亏，收拾好东西，蔫耷耷地进屋了。

晚上，父亲心平气和地教育弟弟，说烧坏虫不必急于一时，十四烧不了，十五十六天气好了也可以去烧，让坏虫多活一两天罢了，又再三强调禁止随意玩火，且列举了一些可能造成的严重后果，即便是去野外烧坏虫，也不可肆意妄为，否则将酿成灾祸。弟弟不住点头，表示自己听进去了。

果然，第二天，也就是正月十五，太阳大大方方地现身了，那是炙热的希望啊！弟弟和阿波他们连脚步都轻快了许多，奔进奔出，开始为烧坏虫做准备，婶子们故意打趣："哎哟，这下乱套了，吃完汤圆烧坏虫。"阿波眨眨眼，迅速应了一句："那就更有力气了。"

那晚，攒了两天劲儿的孩子们义无反顾地冲向田野，如潮水涌向大海。有些草还不是很干，点不着或烧了一小会儿即中断的现象时有发生，以致火光零零落落，东一处，西一处，但这并未影响到大家的心情。旷野上，无数人影尽情晃动，爽朗的笑声如清风吹过山谷。

月亮白白胖胖，挂于头顶，孩子们能清晰看到同伴的头发被烧焦了一两处,遂互相取笑一通。"除尽田边草,当年虫害少",大家都深信,这一年庄稼地里不会有害虫了。

少年与阿黄

〉〉

　　阿黄刚来我家时，还是只小狗崽，眼睛黑亮黑亮，全身覆黄毛，是那种很纯的棕黄色，我们便唤它"阿黄"。阿黄是弟弟苦苦求来的，他再三向母亲保证，会自己照顾小狗，不给家里添麻烦，母亲方答应下来。

　　阿黄为当年随处可见的土狗，可弟弟把它当作宝，天天守着抱着观察着，恨不得晚上也搂着睡。阿黄爱在院子里转悠，下雨了仍不肯进屋，弟弟屁颠屁颠跟着，一人一狗都淋了雨，湿漉漉的，少不了挨母亲骂。弟弟灵机一动，看上了院中一处好地方——一块青石板被两排砖头架起，靠着屋子的一面外墙，看起来像间没门的小屋。母亲常在石板上晾晒洗刷，我则把扮家家酒的玩具藏于"小屋"里，但接下来，我的玩具只能让位了，"小屋"成了阿黄的歇脚处，雨天，放些食物进去，阿黄总能待上一会儿。

　　吃饭时，若有荤菜，弟弟放进嘴里过一下就扔于碗边了，三下五除二吃完，把桌上残渣通通扒进阿黄的专用盘子里，看着阿黄大快朵颐，他蹲在旁边一脸满足。母亲自然是发现了的，那时候,家里难得吃一顿肉,一向贪吃的弟弟竟从自己嘴里省下肉给狗,他对阿黄的喜爱程度超出了我们的想象,母亲开玩笑说,长大了不用娶老婆,跟狗过日子吧,弟弟极认真干脆地回答:"那当然好啊。"

许是伙食不错,阿黄长得快而好,膘肥体壮,毛色油亮,奔跑时,会刮起一股小旋风,静下来时,乖乖趴在地上,像个温顺的小媳妇。阿黄成了弟弟的小跟班,可有眼力见了:弟弟做作业,它蹲在边上,黑亮的眼睛不时瞅瞅主人,主人一起身,它也起身,巴巴地贴上去;弟弟疯玩,它围着转呀转,偶尔兴奋地叫几声,似在与主人同乐;弟弟不小心摔倒,它即刻凑上前,叼住衣角,试图拉他起来;弟弟难过了,它默默相陪,还用鼻子轻轻地蹭蹭主人的鞋子和裤腿,而后,讨好地抬起脑袋……

阿黄俨然已是家里的一员,每天进进出出,尽忠职守。我和弟弟去上学,阿黄一路相送,到校门口折返,离开时,弟弟摸摸它的头,它回头看两眼后,心无旁骛地往家的方向飞跑,一团黄色跃动于机耕路上,很帅的样子。待我们放学,阿黄早早等在了路口,它摇起尾巴,欢快地奔向我们,弟弟摸摸它的头,它便在前面引路,自得又卖力。熟人上门,阿黄轻叫几声,提醒我们来客人了,若有陌生人,即便只是路过,它死死盯住对方大声叫唤,以发出警告。某天半夜,阿黄突然狂吠不已,全家都被吵醒了,母亲开了灯,撩起窗帘向外瞧,院子里,一个黑影仓皇而逃,我们一下子回过神来,是偷鸡贼!当然,贼没有得逞,被阿黄搅黄了。弟弟向母亲邀功:"看,要不是阿黄,咱家辛辛苦苦养的鸡就被偷走了。"

阿黄愈发高大、壮实，外面的人见了它，不敢靠近，说弟弟人小胆子大，养了那么凶悍的一条狗。他们哪知道，阿黄对自家人可温柔了，即使受了委屈也未有攻击行为，只会自个儿悄然退至一边。

除了那一次。

那个夏日的午后，阿黄在家门口睡得正香，弟弟匆匆进来，不小心踩到了它，阿黄遽然惊醒，没抬头便迅疾咬了弟弟脚踝，弟弟被惹怒，踢了它一脚，这下，阿黄彻底醒转，全身黄毛竖起，准备战斗。下一秒发现是小主人，它立马耷下脑袋，慢慢退后，缩在了墙根，发出微弱的"呜呜"声，眼神里满是歉意，完全像个做错了事的小孩。弟弟明白，阿黄为错咬了主人而内疚，想到自己还踢了它，顿时一颗心又悔又疼，蹲下来，手臂圈住阿黄的脖子，喃喃地跟它说"对不起"，阿黄领会，靠在弟弟怀里撒起娇来。

阿黄爱黏着弟弟，弟弟也喜欢它黏着，只要小主人不上学，两者可谓形影不离。却也因为这一点，险些让阿黄断送了性命。那年，我家重建房子旁的小屋，盖房总少不了砖头砂石沙子等材料，大姨父在搬运站工作，自己买了拖拉车，空闲时会帮我家装运，拖拉机至路口凹进处停下，后面的车斗一倾斜，"轰隆"一声，砂石这些就这样堆在了地上。

又来了一车，拖拉机"突突突"声传来，弟弟便冲了出去，阿黄自然紧紧跟随。大姨父坐在拖拉机上，接过父亲递去的烟吸了几口，让大家稍稍离远点后，才驾轻就熟地操作，车斗听话地一头倒地，巨大的声响犹如惊雷在近处炸开，一车大大小小的碎石瞬间清空，成了地上的一座"小山"。大姨父正准备开走，弟弟突然惊叫："阿黄呢？阿黄呢？"大家四下环顾，并喊了数遍"阿黄"，仍不见其踪影，要知道，只要弟弟在，阿黄是绝不会走远的，父亲断定，阿黄已经被埋进了碎石堆里。弟弟嚎啕大哭，扑向碎石堆，发了疯般徒手挖，大姨父摇了摇头，说现在挖开也没用了，狗肯定死了，这么重一车东西压下去……弟弟边挖边哭喊，声嘶力竭地表示一定要挖出阿黄。大家不忍，迅速拿了铲子、铁锹等开挖，弟弟又嘱咐不要太用劲儿，会伤到阿黄，他自己也手握工具，不停地向那堆石头发起进攻，小小的身子像风中摇摆的野草，好似一不小心就会被刮倒。

当挖至某处时，赫然出现了熟悉的棕黄色的毛，那块黄毛动了动，并传来闷闷的沙哑的"汪汪"声。阿黄还活着！父亲说简直是个奇迹。顽强的阿黄等到了救援，无法想象，它被黑暗包围时是如何绝望，当铁锹掀起一道亮光，阿黄又叫了两声，声音慌乱而悲伤，那一定是它拼尽全力叫出来的，弟弟紧绷的脸倏地舒展开了，跪在那儿，飞快扒掉压在阿黄身上的碎石之类，把脸紧贴着它的脑袋，眼泪止不住地掉。阿黄浑身是伤，眼睛上方、后背、肚子、腿部……血迹斑斑的它却勉力起身，一瘸一瘸地走，弟弟想抱起它，力气不够又怕碰到它的伤口，只得放下，随后，从家里翻出红药水，用棉花蘸一下，轻点于阿黄的伤口。弟弟的狼狈样没比阿黄好多少，衣裤上满是尘土，双手脏乎乎，其上还有伤口，应该是被尖锐的石头划伤的，再用脏手抹眼泪，终成了大花脸。阿黄乖极了，安安静静地看着弟弟，任由他处理伤口，我们发现，一滴眼泪从它黑亮的眼睛里滑落，流过面颊和嘴角，滴在了地上，大人们感叹，狗真是有灵性啊。

阿黄受伤期间，弟弟精心护理，恳求母亲多加荤菜，又偷拿家里的鱼干、皮蛋等喂阿黄。阿黄不负主人期望，恢复得相当快，终于又能迈着矫健的步伐在院子里巡逻了。弟弟愈加珍视阿黄，小伙伴给阿黄起侮辱性的外号，他便黑了脸，要跟人家绝交；有皮孩子朝阿黄扔石子儿，他凶巴巴奔上前，一副有种冲我来的架势；去走亲戚也要带上阿黄，母亲怎么劝阻斥骂都没用，最后约定，阿黄不能进人家屋里，就在门外待着，阿黄蛮听话，基本能照做。弟弟心里有自己的小九九，上门做客，主人家定不会以空桌子招待，那就有机会搞到一些好吃的给阿黄享用。

某日，父亲的朋友来串门，见了阿黄，随口说这狗养得那么肥壮，当心被人盯上。竟一语成谶。不久，一天阿黄送我们到学校后却没有回家，母亲便有了不好的预感，放了学，阿黄也未迎接我们，弟弟连书包都来不及放下，开始四处找寻。邻居透露，曾在教导队里看见过阿黄。

教导队离我家不远，弟弟独自上门，却被大铁门挡在了外边，后来由二姨父陪同才准许进入。二姨父在那里有相熟的人，说明了情况，很快就见到了被关起来的阿黄，阿黄激动地站起，前肢搭在笼门上，与弟弟相对泪汪汪。阿黄的一条腿有伤，明显是刀伤，弟弟红着眼睛跺脚，说要找人算账，终因人小力量弱，再加二姨父的劝说而不了了之。

阿黄失而复得，可弟弟心里有了阴影，再加上大人们时不时提起谁家的狗不见了，养得越好越留不住，还可用肉包等引诱，人都要上当，别说畜生了……弟弟愁得坐立不安，最后用上了笨办法——把阿黄拴在了院子里。野惯了的阿黄哪受得了，它变得狂躁不安，用不停吼叫来发泄不满，左邻右舍对此颇有微词，不过两天，这项措施便废除了，还给阿黄自由。

阿黄失踪于一个深秋的黄昏。没有人见过它，也没有人能提供一点线索，弟弟找遍了所有想得到的地方，学校路上、亲戚家、小伙伴家、河边、海边、灌木丛……当然还有嫌疑最大的教导队，均无所获。时隔多年，我依然能无比清晰地记起弟弟失魂落魄的模样，每次寻阿黄未果回家，弟弟脚步迟重，整个人像漏光了气的自行车内胎，蔫巴巴地缩着，单薄的身影融于清冷的月光里，那么模糊，那么孤独，让人心疼。

第一天没找到，第二天没找到，第三天仍没找到……眼看弟弟连上学的心思都没了，母亲索性断了他最后的念想，说阿黄没有活着的可能了，多数已经进了哪个天杀的肚子了，要不然，凭它的聪慧和忠诚，怎么可能不回家？

绝望的弟弟含着泪给阿黄堆了个假坟，就在院子菜地的一角，家里有了好吃的，他会供一点在阿黄的坟前。

此后，弟弟再也没有养过狗。